—— 阅读改变女性 · 女性改变未来 ——

日不落的南极

The Antarctic sun

苏格◎著

——世界的尽头，一切的开始

青岛出版社
QINGDAO PUBLISHING HOUSE

图书在版编目（CIP）数据

日不落的南极 / 苏格著. — 青岛：青岛出版社，2016.10
ISBN 978-7-5552-4622-0

Ⅰ. ①日… Ⅱ. ①苏… Ⅲ. ①随笔—作品集—中国—当代 Ⅳ. ①I267.1

中国版本图书馆CIP数据核字（2016）第216914号

书　　名　日不落的南极
著　　者　苏　格
出版发行　青岛出版社
社　　址　青岛市海尔路182号（266061）
本社网址　http://www.qdpub.com
邮购电话　010-85787680-8015　13335059110
　　　　　0532-85814750（传真）　0532-68068026
责任编辑　杨　琴
责任校对　张　莉
特约编辑　杨　琴
装帧设计　苏　涛
照　　排　刘丽霞
印　　刷　三河市南阳印刷有限公司
出版日期　2016年10月第1版　2016年10月第1次印刷
开　　本　32开（880mm×1230mm）
印　　张　8.5
字　　数　150千
书　　号　ISBN 978-7-5552-4622-0
定　　价　36.00元
编校印装质量、盗版监督服务电话　4006532017　0532-68068638

写在前面

苏格 · 2016年1月1日

“有些人25岁的时候就已经死了，只是到了75岁时才埋葬。”

2016年1月1日，我站在斯科特的墓碑前，凝望眼前冰封着的罗斯海在夏日的温度中裂开一道道口子，墨绿色的深海从白色的间隙中透出诱人的深邃，一眼望去有种令人窒息的敬畏感。空气中的干燥寒冷让呼吸变得格外吃力，寂静的山丘上只能听到自己的心跳与喘息，头顶是一轮金晃晃的太阳，在这样一个季节，明媚得永远也不会落下。伸出手，我抚摸着十字架上深深刻下的文字：

“去探索，去冒险，去辉煌，永不低头！”

白天黑夜，昼夜轮回，24个小时的周而复始是地球自转送给我们的礼物，当然还有月球在一旁拉扯着时间与空间，宇宙种种神秘的力量带给了我们生机勃勃的世界，也让我们的生物钟有了可以安放的节奏。然而就在我驻足南极的这些日子里，却从未遇见过黑夜，不落的太阳照耀着整片大陆，世界靠南的尽头多风干旱，每一粒扬起的灰尘都沾满温暖的金色，广袤无垠的冰原上，黑暗无所遁形，光明好似永无尽头，这就是南北极独有的日不落——极昼。

没有人知道生命会在哪一天走到尽头，于是

我们努力让自己过得有意义。18岁的时候，我无论如何也想不到自己一个“学渣”也会有出国留学的一天。小时候我的梦想是周游世界，在一众科学家、解放军的理想中“脱颖而出”，老师拍着我的头让我好好学习，天天向上。于是，命运安排我光荣地成为了一个不折不扣的科学家，而我却依然不思进取地抱着周游世界的美梦不肯醒来。

大部分梦想的实现都是以牺牲现实为代价的，我也不例外，放弃了轻松光明的未来，放弃了养尊处优的生活，收拾行李，一个人就开始周游世界。有人说我勇敢，有人替我不值，有人羡慕，也有人非议。说穿了，我们这代人都有一种脾气，要么是惯性，要么是任性。屈从于惯性的那些人，一路上学上班成家生娃，活得忙碌充实；另一种就是像我这样屈从于任性的人，内心怀揣着这个时代无法容忍的梦想，不愿意走进社会，期待着梦想能照进现实，想方设法地逃避自己应该承担的所谓义务与责任。这两种人往往互相嘲笑鄙视，却又互相羡慕着。矛盾，几乎充斥着我们这代人前半生的大部分时光。成家立业的人嘲笑着梦想家的不切实际，却又羡慕着人家的潇洒出尘；追逐梦想的人嘲笑着大众麻木的平庸生活，却期待着自己有一天也能尘埃落定，岁月静好。

带着这样一种一边嘲笑着现实平庸，一边小心翼翼守着自己梦想的莫名心态，我来到了这片号称全世界“最自由民主”的国度。踏上不同的土地，体会着不同的文化，流利地操纵着陌生的语言，有时候真的分不清楚自己究竟是在成全梦想，还是在逃避现实。有人说，心灵和身体，总有一个要在路上。可我觉得，思考解决不了温饱，行走也不见得能获得力量。走了这么远，看了这么多风景，世界究竟赐予了我什么，世界究竟想告诉我什么，那梦想究竟是内心的渴望，还是只是我用来逃避现实的最冠冕堂皇的借口？时常悲催地以为，自己该不会穷极一生都找不到答案吧。

没有什么能永垂不朽，就像是极昼对应的必有极夜。“80后”的我们，正渐渐平淡下来，那些曾经光芒四射的棱角被磨平，那些年少轻狂对于不公的反抗也渐渐变成理解和接受，那些嫉妒、虚荣与骄傲都在生活中沉淀成了灰烬。抱着自己的娃，过着上有老、下有小的生活，用自己的青春燃烧时光，让自己的生活变得温暖起来。也许有些人真的从未有过梦想，也许有些人从未妥协，对着四平八稳高悬着的太阳招招手，就这样迎着阵阵扑来的冰凉坐在地上，吃着难吃到无法用语言形容的三明治，我想没有梦想兴许是另一种幸运。

去探索，去冒险，去辉煌，即便懂得大多数人选择的生活往往就是最值得被选择的，仍然不甘心就这样来这个世界走一趟，不甘心就这样沦为了芸芸众生之一，不甘心就这样被选择了平淡的人生。也正因为如此，我才走到了北极，走到了南极，领略了极夜中沉寂的北极，感受了日不落的南极最震撼的温度，我想要世界给我一个答案，想要大自然告诉我生命的秘密，又或者，至少是能够说服自己的活着的意义。

【目 录】

第四章　奔赴南极，像一只无足鸟

第五章　以登月的心情登陆南极

第六章　世界尽头，满眼苍茫

C O N T E N T S

第十章　没有人可以拥有这个世界

第十一章　地球，请别后悔孕育了人类

第一章

守 着
一颗不安分的心

塞万提斯在《堂吉诃德》中写道："鲁莽和怯懦都是错；勇敢是一种美德，是两个极端的折中。不过我宁可勇敢过头而鲁莽，也不要勇敢不足而怯懦。就像挥霍比吝啬更近于慷慨，鲁莽也比怯懦更近于勇敢。"那一年，一个手持长矛的骑士来到我的门前，鲜血淋漓的双手奉上刚刚斩杀的恶龙首级，他对我说："我尊贵的公主啊，能邀您一同驰骋，一起去看那美好的世界吗？"我转了个身，笑着点点头，故作羞涩地别过脸去，却伸出手触碰着门外粗糙却又温柔的暖暖的手。

勇敢是接受平庸的能力

“看！前面有一个怪兽，就是这个怪兽，让周围的村庄无法安生，它掳走少女，吞食牲畜，真真是个可恶的生灵，待我前去将它消灭，让人们都获得安宁，让人们都盛赞我伟大的骑士之名！”他骑着匹瘦马，端着生锈的长矛，破了两个洞的头盔中，一双滴溜溜的眼睛充满了执着的杀气。他大声喊叫着冲向面前这个白色旋转的怪兽，不计后果，荒诞可笑地捍卫着自己心中的骑士梦想，最后遍体鳞伤地倒在地上，却死死地盯着面前的风车，不甘心的堂吉诃德大人始终都是不能被战胜的。

第一次读《堂吉诃德》还是在上中学的时候，那个年头除了冗长无聊的语文书外，为了响应素质教育，学

校给我们配了语文读本，就是一本厚厚的名著节选读物。为了更合理利用时间，老师自然不会正经讲，可学生们倒是看得津津有味，毕竟比起动辄就背诵全文的文言散赋，这些生动形象的文字更符合当时我们内心能够勾勒出来的画面世界。塞万提斯写这部小说是为了抨击当时西方根深蒂固的骑士文学，然而我却总是记得堂吉诃德大人第一次冒险对战的这个大风车，白色宁静的旋转着的扇叶，像是等待着明天，又好像从来没有期盼过明天的样子。

那时我以为堂吉诃德是个真正的英雄，他不畏旁人眼光地追逐自己的骑士梦，哪怕是做了各种荒诞滑稽的事情也丝毫没有动摇，一次又一次被现实打得头破血流，却固执地卷土重来，要有怎样的勇敢或是鲁莽才能做一个这样不计后果的人？想来果然是很勇敢。无知如我，当年并不知道这部小说的最后是堂吉诃德被打败，在伤痛中彻底清醒，回到现实中来，然后用他的余生封杀了所有的骑士小说，以及和骑士小说有关的一切。因此毫无悬念，对于一个十几岁的曼妙少女，勇敢的骑士成了我极为羡慕的一种职业。无奈，或者说幸运的是，我们的国度从来没有存在过这样一类人，再说，我一个姑娘家，做个骑士也挺怪异，那个年头"女汉子"还没流行起来，所以高中还没过半，这个故事就差不多被我遗忘了，不过堂吉诃德还是给我留下了一粒勇敢的种子。

在丹麦村的那个下午，我发现整个小镇最高的标志性建筑就是一架白色风车，远远地从山头上就能瞄到，五颜六色的房子都躲在这架白色风车的庇佑下。走近了才发现，这架风车也不过是个摆设而已，根本不会动。日光一晃，诡异地觉得自己就是那个骑士，那个冲向风车的疯子，手握长矛，胯下战马，我抬手一指风车念出一句：“你是猴子请来的救兵吗？”搞得身边的同伴像看神经病一样看着我，顺便还往旁边撤开几步去，展示着他道不同不相与谋的消极心态。

得到去南极的消息也是在这样一个人畜无害的夏日午后，不太闲适的我正遨游于各种科研文献的苦海，忽然手机电脑同时提醒我收到一封邮件。对于西方人这种把邮件当短信使用的习惯，我早就习以为常。如往常一样点开邮件的一瞬间，我就坐直了身子，邮件的第一句平淡地写着：“我正式通知你成为这一季南极科考队的成员。”

来信的是我的导师，因为发工资给我们的关系，通常也被称作老板，或者科研包工头。自从我12月份沿着阿拉斯加北上进了一次北极圈之后，老板便认为我平日里手无缚鸡之力的形象相当不靠谱，于是他想着要带我去南极历练历练，却不想真是遂了我的心愿。当年来美利坚读书，千挑万挑选了这个老板，就是因为他做的课题是南极生态项目，想到有生之年能公费去趟南极，血压都跟着往上蹿了蹿，尤其是可以花美利坚政府的钱一饱我的眼福，这是一件多么大快人心的事情啊！那天下午之后的事情我记得不太清楚，只记得自己当时的心情，忐忑中有一点儿小紧张，紧张中有一点儿小激动，激动中有一点儿小迷茫，迷茫中又带着那么一点儿大无畏。

6月份的美国西部热得像个烧烤架，在外面站上一会儿就觉得自己变成了烤肉饼，恨不得刷上酱啃上两口。焦灼的空气中散落着一些寂寥，虽然夏季学期也有人在上课，但是大部分学生还是顺应潮流地放了暑假。我当时还住在距离学校有些远的地方，一个人走在路上，真是热得连孤独是谁都忘了。当年我公寓里住着一个要毕业的神人，过着生人勿近、基本上足不出户的日子，大神每天以各种匪夷所思的奇妙理由躲在家里，深居简出，日夜颠

▲ 我亲爱的老板

倒活得不亦乐乎。

话说那天下午我拖着快被烤化了的身躯回到公寓，发现她在门口插了一只纸风车，迎着穿堂风居然也呼呼地打着转儿。我要开门的手停了一瞬，脑海中再次想起那个嘶吼着往前冲的疯子，“嘿，骑士，公主要到南极去了。”一闪神儿的工夫，门被大神打开了，不太刺眼的阳光下四目相对，大神嬉皮笑脸地说：“听见你回来了！”一抬手指着门上的风车问我她的手艺是不是很精湛。我推开她挤进清凉的房间，顺带捧场地答道：“嗯，你小学手工课的老师可以瞑目了。”

风车，被人类发明并建立起来发电，作为目前重要的收集能源的工具之一遍布世界各地，却不知道为什么竟长了这样一副可以卖萌的样子。普罗旺斯的薰衣草田出了名的浪漫文艺，可真到了那里，就会发现最先看到的是满眼的风车，硕大的白色不徐不疾、不骄不躁地转着，悠扬婉转得就跟一首歌一样。勇敢是什么？大神说，勇敢是接受现实的能力。我想了想给她升华了一下，勇敢是接受平庸的能力。

当夜，风车入梦，转得我头晕目眩，却连带着梦中的空气也跟着躁动起来，我就这么给吹飞了起来，从云层上面俯瞰，还瞧得见下面一只只白色的大风车在朝我挥着手。从北极到南极，我即将给地球来个对穿，忽然发觉梦里的空气有点儿香甜，想必又是大神半夜起来做夜宵了吧。

风车，风车，你梦里也有一只风车吗？

我喜欢做一个疯子

在我的世界里，凡是跟手指有关的东西总是很美妙，比如键盘上跳跃出来的文字，比如琴键上流淌而过的音符。安静的时候动动手指，感受周遭的空气环绕着指缝震动，轻柔的感觉若有若无，让人欲罢不能想要捕捉，却又舍不得紧握。古人用“指如削葱根”来描绘姑娘的纤纤玉手，对此我总是特别疑惑，葱根难道不是大葱身上最粗的那个部分吗？后来有个朋友说，削葱根指的是姑娘的素手白嫩光滑的意思，而且不是还有个“削”代表纤细嘛。实际上我当时并不知道她说得对不对，只是很给面子若有所思地点点头，表示同意。

不客气地说，我这双科学家的手绝对是饱经风霜和蹂躏的，平日里去野外采样就不提了，回到实验室接触各种有毒有害甚至致癌的化学药品更是家常便饭，为了不让自己过早地为科研事业献出宝贵的生命，我只好经常洗手，先用75%的酒精，然后是洗手液，过度清洁让皮肤上的油脂几乎没有附着的机会，于是双手变得格外干燥。直到有一天，拿起小提琴，才发现手指上爬满了一道道的裂纹，实在是破坏我作为女人的整体美感，于是我买回了各种各样的护手霜来修复自己的“第二张脸”。大神看着我满桌子的护手霜丢下一句评语：“你真是疯了！”

在不足三十年的生命中，经常有人这样“夸”我，比方说放弃夏威夷选择在冬天去北极的时候，大家都觉得我抽风了；比方说为了去塞班岛度假，连续三个通宵在实验室做实验的时候，大家说我疯了；比方说我骑单车八个多小时绕了城市一圈的时候，大家认为我真的是太闲了。实际上，做一些不太离经叛道却能满足自己疯狂心理的事情，可以帮助我们更好地正儿八经地生活。基本上每个人心里都有疯狂的一面，只不过有些人表现得更不加掩饰，有些人则喜欢把内心的小疯狂藏在谁都看不到的角落里。向往着堂吉诃德的我，从来都把内心的神经病张扬地挂在表面，年轻的岁月就这么多，现在不疯狂，留着梦想干吗？难道还能发酵成老坛酸菜吗？人都说岁月如歌，那我情愿自己这首歌是一章宏大的交响乐，有前奏，有间奏，有高潮，有尾声；有温婉，有躁动；有急促，有平息；有管乐的清脆，有弦乐的悠扬；有键盘的通透，有铃鼓的叮咚。人生短短数十寒载，嚣张地做一个疯子也不失为一件乐事。

作为美国著名的商科大学，每次经过商学院就能看到西装革履的人从身边走过，配合整个商学院大楼的气质，拥有着和我们生物系完全不一样的画风。每每此时，我都会自嘲地看着玻璃上反射出来的影子，牛仔裤和短袖显得非常干练却无趣。于是有一天，我破天荒穿了一条长裙搭配着针织衫冲到了办公室，记得临出门前大神诧异地看着我："疯了吗？你这是要去喝喜酒啊？"我轻轻撩了一下耳边的碎发，蹬上鞋子翻了个白眼给她："我去上班，生物学家也可以很美艳的好吗？"不给她任何吐槽的机会，我夺门而出，留下大神一个人站在客厅里凌乱。

事实证明，穿这套衣服做实验的确是疯了。取试剂抬不起胳膊，拿样品迈不开腿，整整一天在实验室我就诠释了四个字——矫揉造作。当然与此同时，我如此隆重的打扮也得到了美国同学的赞美，甚至还有人询问我今天校园里是不是有什么活动。不得不说偶尔疯一疯，让我原本枯燥无聊的科研生活变得格外有趣，即使真的是非常不方便。

为了去南极，要填写的文件有几十页之多，要完成的培训也严阵以待，作为光荣的社会主义接班人，还有两个国家的签证要申请，忙碌的节奏就这样闯进了我本该清淡的暑假。在落基山国家公园参加会议的时候，来自南极帕默尔科考站的海洋组播放了一个由BBC特别制作的纪录片，里面记载了他们多年来科考的全部内容：冰冷的海风几乎能把人吹到海里去，科考船在海面上不停地漂摇；常年的科考让科研人员失去了很多与家人团聚的温暖；缺医少药的环境下每个人都不得不让自己尽可能地强壮起来；严酷的自然条件中，这些人记录下地球的秘密、生命的信息，由此换来我们人类更多的希望和进步。我满怀敬意地看得出神，坐在身边的老板悄悄问了我一句："你也能做到这样强悍吗？"我看了看自己真的跟葱根一样的手指头笑着回答说："应该可以吧。"老板也笑了，眼神里还夹杂着一丝玩味："你必须这么强悍！"

我喜欢做一个疯子，一个能够为了自己想要的一切执着努力的疯子；我愿意做一个疯子，一个义无反顾走在自己道路上的疯子；我希望做一个疯子，一个从来不知道回头和后悔的疯子。一个疯子距离现实究竟能有多远？你们也许称这个距离是离谱，而我管它叫梦想。

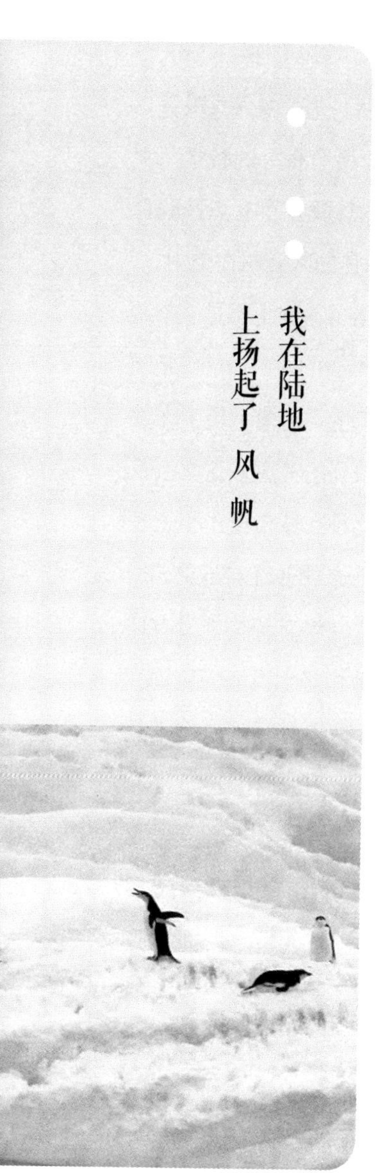

我在陆地上扬起了风帆

对初中地理有些印象的人应该都知道落基山脉的名字，这条横跨北美洲西部大陆的山脉，一路从加拿大不列颠哥伦比亚直到美国西部的新墨西哥州，总长度超过4800公里，虽然不及我们的喜马拉雅山那样高大威猛、雄壮彪悍，但也好歹是美国一个重要山脉，当然也是美国一系列国家公园的主要依托。落基山脉形成于距今8000万年到5000万年前的造山运动，后来又经过板块活动和冰架的推移和侵蚀，地球没事儿挤啊挤的，使得落基山脉的造型出落得格外大气磅礴，山峰高耸秀美，峡谷平浅宽阔，绵延不绝，层峦叠翠，站在山顶望过去颇有点儿美不胜收的意思。

我参加的科考队隶属于美国科学

院，承担着长期生态研究中的南极子项目。为了更好地融入团队，也为了更好地了解整个科考队的历史以及内容，那个夏天我跟着老板一起出席了北美长期生态研究大会。每年所有相关的科学家都可以出席这次大会，注册时其声势之浩大，让我觉得有点儿联合国开大会的意思，唯一的区别是没有五颜六色的国旗飘在空中。

说到开会这件事情，我发现全世界各行各界基本上都是一个调子，总之会址定要选在一个风景秀丽、人烟稀少的地方，最好是国家公园或者度假村这类的地方，下榻的酒店也要坐落于集工作娱乐休闲潇洒于一体的风水宝地。出于以上周到的考虑，这次会议就安排在了落基山国家公园度假村。像我这种在城市里土生土长的人，动辄路边会蹦出两只麋鹿来吓你一跳这种事着实罕见，能这么近距离地接近野生动物也真的是第一次，没有栅栏，没有玻璃，甚至感觉得到野生动物肆无忌惮的眼神和与生俱来的警觉。看着美国同学自在的样子不禁感慨，生态保护得好还是有好处的，最起码人表面上看起来还是可以和大自然和谐相处的。不知道假如这一身腱子肉的麋鹿出现在某些个东方城市里，是会被抓进动物园呢还是直接就上了餐桌？忽然耳朵边儿一热，抬头就看见一只蓝色羽毛的大鸟擦着我的脸飞到了树上，才疏学浅的我还在琢磨这是只什么鸟，就被旁边照相机的咔嚓声吸引了注意力。

夏日里的花花草草正长得茂盛，金灿灿的阳光下，花朵被烤得低下头去，旁边震颤着翅膀的漂亮小精灵，倒退着让自己的身体跟地面保持几乎垂直的角度，长长的口器（就是嘴啦！）探入娇艳的花朵采集着花蜜，没错，这就是世界上最小的鸟类——蜂鸟。这种鸟类在美国中西部很常见，因为长期生活在生态保护区，它们已经不惧怕人类，就跟那些镇守在世界各大广场的鸽子一样，成为人们追捧拍照和喜爱的对象。

事实证明开会就是无聊，除了几个科学家做的科研报告还算是有营养外，大多数时候大家都把时间花在交流和看风景上。开会嘛，重在掺和，认识一下自己领域的各种大神，以及自己同龄的科学家，相互沟通吐槽一下发生在身边的各种事情等等，对我来说最重要的自然是了解一下即将奔赴的南极大陆。

南极洲那么大一片陆地，整个项目自然也不会小，从美国科学总会下面林林总总地分出了各种各样的组别，比如冰川组、湖泊组、湿地组等等，每一个项目组中又按照项目不同细分成了不同的小队。作为土壤组微生物小分队的一名菜鸟，我只能说，我愿做一颗螺丝钉，我骄傲。智慧生物最可爱的能力就是有目的、有意识地合作，于是我们所有人的数据合起来才能构成一个对于南极环境长期监测预测的有机整体，这可是用来预测全球变暖的最重要的科学依据。

开会的第三天下午，我和同小队的其他同学一起，爬上了落基山国家公园附近的一条上山的小路。和国内大多数度假村的山路不同，这里的小路相当原始，基本上处于鲁迅先生提到的那种“走的人多了，也便成了路”的之前状态。科罗拉多州的北部气候略显干燥，山上遍布的耐旱植物为了保持水分叶子也都比较小，随便走几步尘土就会跟着扬起到空气中，干渴的呼吸道加上灼热的温度，没一会儿就让人感觉到疲劳。比起强壮的美国人，我这个来自东方的姑娘体力虽然不一定输给他们，但肌肉爆发力明显不足，于是我老老实实地走在队尾，耳朵里听着各种音乐平息着自己越来越急促的呼吸，可依然感到越爬身体越重，这个世界上我最不喜欢的物理力就是重力，而这重力偏偏随着海拔升高越发让人感觉明显。

到半山腰的时候，我回头看了一眼，云朵在天上铺成一片，遮挡着太阳骄傲的温度，我们站着的山与对面的山回绕夹着一片底谷，深邃却并不狭窄。因为板块运动的类型，落基山山谷大多宽阔平浅，苍松翠柏绿油油地点缀着整条脉络，时而出现的阴影也给人带来几丝凉意，沿着山势看过去就好像可以看到山的发源地。山谷传来一阵轻响，远远望过去，仿佛这里曾经有一条壮阔的大河流过，又好像是有一阵风掠过。这片大地经过几千万年的时间留下了这无与伦比的景象，汗水滴在干燥的土地上，连湿湿的印记都没有留下就被蒸发掉了。

之前有人问我："你说人类这么破坏大自然会不会遭到报应？"我当时觉得有些好笑，对于地球来说，人类渺小得实在是可以忽略不计，就拿那些我们担心的所谓不可降解的废料来说，诚然，那些东西确实会污染环境，但是污染的环境其实是对于人类和其他生物而言的，对于地球本身，无论是什么废料，都是羊毛出在羊身上，物质来源于地球，回归于地球，对于地球而言，影响大概并没有人们认为的那么大吧。所以我通常把人类对环境的破坏称之为自杀，这种行为对于地球本身其实真的影响不大，毕竟这颗水蓝水蓝的星球在茫茫宇宙中已经存在了四十多亿年，而孕育人类也不过三百万年，作为一个比不上恐龙强大，比不上昆虫众多，更比不上植物古老的物种，我实在想不出我们有什么立场去担心地球的安危。有空能多想想自己才是好的。

走了两个多小时，我们来到小路的尽头，穿过一片不算茂密的丛林，碧波荡漾的开阔豁然在眼前打开。清风徐来，水波不兴，岸边的水草随风飘摆，对面只有山与我们遥相呼应，深深呼吸一口山里的空气，感觉整个肺部都被清洗得干干净净。我坐在石头上，用手去拦路过的一阵阵清风，看着在山顶出现的偌大湖泊，忽然有一种扬帆逐浪的感觉。如今我们在陆地上行走，而我们都曾经是水手，即使没有船也阻挡不了我们前进的步伐，发挥自己的想象力，把双臂大大地伸开，安静下来就能听见大山呼吸的声音，大自然真的很棒。

人类在进化的时候丢掉了尾巴，丢到了翅膀，丢掉了能在水中呼吸的能力，就是为了来到陆地上，就是为了获得这片富饶的土壤，然而丢不掉的是刻在我们基因里对大自然的敬畏、对内心向往的追求、对自己好奇心的满足，假若连这些都丢掉，那人类也便不能称之为人类了吧。踏踏实实地踩在地上，扬起自己的风帆，去远航，去寻找自己活着的意义，虽然不能像地球一样动一动就天崩地裂，却至少可以让自己拥有一个不一样的无悔岁月。

拉扯了几下手中连接生命的细线，逆风的方向，大雾弥漫在前方，我却依然固执地打开了帆，在对未来那片一无所知的广阔中，虽有迷茫，却从不后退。

戈多，戈多，你怎么还不来

液氮，顾名思义，是氮在低温下形成的液体状态，是我们实验中重要的实验材料之一。接近-200℃的寒冷对于生物材料的保存有着难以想象的功效，跟电视剧里的调侃不同，我从来不会拿实验室里的液氮来做冰激凌和冻香蕉，天知道里面曾经冷冻过什么，我可不相信自己能变成蜘蛛侠之类的人物，因此还是拿液氮来急速冷冻细胞比较靠谱。

液氮无色无味无毒不可燃，乍看上去，薄如蝉翼的白雾缭绕在空气中，好像一抹小型的蓬莱仙境，跌落在桌子上的液氮会变成一颗一颗晶莹剔透的珠子，水盈盈地向周围滚动着，还没停下来就被周围的温度给蒸发掉了。什么是乍看上去呢？就是说液氮这东西看上去很美好，但如果真的不做任何防护措施去触碰，绝对会瞬间让你严重冻伤。前两天做实验的时候，大概是有一滴非常非常小的液氮弹出来撞到了我手腕上的皮肤，虽然它很快就蒸发了，可还是留下了一块指甲盖大小的黄色痕迹，所幸的是，不痛不痒只是稍微有些影响美观。所以说，我们这些奋斗在科研一线上的同志们真的是用生命在做实验啊。

虽然液氮有些危险，可我还是特别喜欢这片浓雾，看上去总让我赏心悦目，化去之后只留下一片冰凉的味道，纯净清爽得带着一丝梦幻的错觉。当年话剧舞台上常常用干冰制造出梦幻的烟雾效果，可是二氧化碳的味道还是让人有些呼吸困难，当时我就嘟囔着假如用液氮蒸发来制造效果，不但没味道，还可以降温，多完美。身边的团委书记说："那成本得多高！"

艺术家眼中的南极总是看起来雪白一片，毫无瑕疵，远处的云和陆地上的冰相映成趣，猛的一阵风吹起细碎的冰雪，梦幻如仙境。不晓得如果在南极大陆上降下一瓢液氮会是怎样一番光景？

南极之行定下来之后，我就好奇地查看着关于南极的所有：地形、温度、气候、生态，甚至它上面那片漏了的天空。要去的时候刚好赶上南极的夏天，没有黑夜，温度也在−5℃～5℃之间，假如没有风，听说阳光也还算是正好。已经去过三次南极科考的同学小胖，是个典型的美国男孩儿，自信阳光，聪明善良，他来找我的时候，我刚弄了一瓢液氮准备研磨今天的试验样品，他潇洒地坐在一旁的椅子上侃侃而谈。于他而言，宇宙生物学才是真正的生物学，他致力于研究外星球的生态环境改造，虽然我并不认为在我们这代人的有生之年可以完成这件事情的哪怕丁点儿，但科学就是这样，不论看起来多么天方夜谭，总要有人开始，总要有人去做，就跟梦想一样，有人敢做，才有可能做成。小胖和我都喜欢科幻，喜欢音乐，喜欢荒诞派的戏剧，概括来说就是都是喜欢做梦也勇于追梦的人吧。

小胖告诉我，南极科考是一件很酷的事情，虽然艰苦但绝对值得一去，关于他去了三次之后的感想，他诚实地表示的确太累了，所以今年不想再去了，说完他狡猾地看了我一眼，我顿悟道："我说怎么会轮到我这个手无缚鸡之力的女子了！"他听了之后哈哈大笑说道，老板也确实是希望我能亲自去一次，毕竟亲身感受一下南极的生态，才有可能体会到自己做的这件事情有多么伟大。

弗拉季米尔说："你在干什么？我在等待戈多。他什么时候来？我不知道。我是在等待我的戈多，我却真的不知道他会什么时候来。他告诉过我，他会来，让我在这里等他。我答应他，等他。我毫无指望地等着我的戈多，这种等待注定是漫长的，我在深似地狱的没完没了的夜里等待，生怕在哪个没有星光的夜里就会迷失了方向，开始是等待，后来我发现等待成为了习惯。"这是《等待戈多》中一段非常著名的台词，表达了人们在彷徨与不安中等待着未来，至于等待的是什么，弗拉季米尔并不知道，也许是希望，也许是答案，也许只是一个又一个同样的等待的第二天。小胖和我一样，进行着一项长远庞大实验的最基础的一环，我们并不知道自己做的一切有没有价值，也不知道自己会迎来什么样的结论，但我们必须做下去，就像弗拉季米尔一样，等下去，成为习惯。所以我同意了小胖的说法，去一次南极，去用心感受一下自己在做一件究竟多么伟大，或者多么愚蠢的事情吧。

戈多啊戈多，你究竟还来吗？液氮下的样品发出被油炸一样的嗞嗞声，液珠点点地向外蹦了出来，我整理了一下自己的手套，直了直有些酸痛的腰，继续动手做了起来。小胖神侃完满足地飘了出去，看着他的背影我忽然发现，这个比我还要小的美国男孩儿其实已经很高大很高大了，当然他也的确很高大。

每一个等待戈多的人都是孤独的，没有人能一直蹲在路边陪着你，即便有，也会在一阵子之后离开你继续他们自己的路；等待戈多是一个人的故事，是一个没有合适听众的故事，是一个只能讲给自己听的故事，因此它只能是荒诞的，不合逻辑的，无法理解的。正因为如此，我从不知道是否有人真的等到过戈多，还是每一个等待戈多的人到最后都变成了那只莫名其妙的靴子，人却不知道走去了哪里。

我的戈多啊，我不愿意在路边的草丛等待你，假若你也愿意，我可以追逐，我可以捕捉，我可以朝着你的方向一步一步地走过去，而你，只需要站在原地，带着微笑，迎着阳光或者风雨，等待着我的到来。

第二章

相 对
的自由和民主

《人权调查白皮书》是西方世界用来攻击我们的一把重要匕首，里面收集了来自各种渠道的关于我国人民生活情况的调查数据。虽然我并不是一名狭隘的爱国主义者，也不会无视客观事实一味地顺从舆论导向，然而我始终不太明白为什么总是要干涉或者企图管理我们自己的家事呢？所谓自由与民主，对于一个人口基数占全世界超过15%的国家，对于一个有着几千年封建历史和文化传承的国家，都有着不同的意义和实现手段。从新闻里认识一个国家当然是片面的，本着眼见为实的唯物主义态度，我亲临这片大家追逐梦想的热土——美利坚。

蒙着眼睛找到的平等

几年前我接到美国大学的奖学金邀请时，奶奶73岁，身体很棒，热衷于在电视机前看各种各样的节目，韩国各种欧巴的名字她都记得溜溜的。娱乐之余每天雷打不动的就是收看各种各样的新闻，国内的国际的，凡是当前发生的事情她都知道得清清楚楚的。什么伊拉克又打起来了，什么美国又打着联合国的旗号派兵了，什么欧洲经济崩溃了，等等，所谓处江湖之远则忧其君，我开玩笑说奶奶真是为了这个世界操碎了心。

也正因为如此，当我告诉奶奶打算到美国要几年顺便读个博士学位的时候，奶奶的眼神是真的变得非常认真，原本陷在沙发里的身体都微不可察地向我的方向挪了挪，她不无伤感地问我，为什么要去那个国家，那可是一个枪支管理混乱的国家啊，多不安全啊，还有种族歧视，太危险了，别去了！“枪支管理混乱”这个新闻词汇从奶奶嘴里蹦出来的时候着实吓了我一小跳，原本也想过她大概不希望我去美国，可没想到奶奶给出的理由站的角度这么高。这下我准备好要表达的让她不用太想我之类的托词居然瞬间就无处安放了，只能开始解释那个国家至少是目前世界上占霸主地位的国家，我也想去学习一下先进的科学文化知识，回来更好地报效祖国。说完这些话我觉得自己的人格都升华得伟大了，结果奶奶说到了恐怖主义和“911”，我打心眼儿里承认自己真的是小看她老人家了，于是谈话的内容就变成了一场国际形势分析，最终在我告诉她我去的学校不在大城市，在大山里而已，是一个坏人都不愿意去的地方，她终于不再表现得如刚才那样“忧国忧民”，却问了我一句：“去山里学什么？还不如留在家里！”顿时觉得她说得好有道理，我竟无言以对。

无论如何，我还是按照计划来到了美利坚合众国，来到了这个城市能倒闭、政府能关门的国家。对于平等自由，我一直坚持着这样的观点：不论是自由还是平等都是相对的，绝对的平等和自由几乎就等同于混乱。也许是因为从小学着“无规矩不成方圆”，有理可依、有据可循的世界给了我足够的安全感，我对于那些提倡绝对自由的想法始终抱反对态度。入境美国的时候，排了整整一个小时的队，又在入境官员那里被盘问了半天才被放进来。提着行李从入境处出来的时候，我看到那些行李被翻得乱七八糟的各种肤色各种国家的人。想来美国的自由民主大概也只是说给自己的公民听的而已，这种大庭广众下的翻查，我可看不出什么尊重来。

中间留学的过程无甚特别，在此也不再复述。老板第一次发现我并非胆小且宅的东方女生，是因为我在美国独立日的时候来了一场说走就走的旅行。1776年7月4日，美国在大陆会议中通过了著名的《独立宣言》，于是政府也就把这一天定为美国独立日，并成为一个国家假期。虽然历史上对于独立日的日期还存在争议，但这并不妨碍美国人民庆祝自己的国庆节，每年这一天，费城的自由钟被敲响，以纪念自由民主到来的历史时刻，各大城市也会有游行、烧烤和音乐节，晚上更是有一年一度的烟火活动，其形式之大、之美轮美奂和世界上其他国家庆祝国庆别无二致。

就和北京拥有完全不是一个级别的国庆庆典一样，想要更加深刻地感受美国人民的国庆节，自然要前往大城市，比如纽约、华盛顿什么的。在我们这个小镇上虽然也有烟花和游行，但不论是从形式还是规模上来讲，都不能跟纽约同日而语。于是我在7月3日突发奇想地订下去纽约的机票和酒店，准备去和在纽约实习的大神会合，一起体验这座自由城邦下的平等与自由。也正因为这样，老板邀请我到他家里去过节的计划就被我打乱了，他告诉我他都从没去过纽约的时候，那眼神仿佛在说：“一个小姑娘家，乱跑什么呢？”迄今回想起来，老板对我的放心大概也是日积月累的，这才有了大胆带我去南极的计划吧。

大神在纽约一家律师事务所里实习，大抵也不过是做些跑腿的助理工作，我笑称她是现实中的张益达，她却谦虚地表示自己还不如他，好歹张益达也是有律师资格证的，她不过是个小助理而已。我问大神，纽约州法庭外是不是也有一座正义女神像，以前在香港电视剧里总是看到法庭外伫立着一位蒙着眼睛、手托天平的女士，据说那就是正义女神。那时候香港的法律体系承袭于大不列颠，于是我想西方的法庭外会不会都站着这样一位神仙，用来震慑坏人，保护人间的公平与正义，就跟咱们的福娃和门神一样。大神说，正义女神，是古罗马代表公平的女神，手持长剑与天平，戴着眼罩，表示着客观、不徇私以及一视同仁的公正态度。作为同样是文明古国的我们国家，也有着“王子犯法与庶民同罪”的说法，用来体现人民对于平等的向往。

蒙着眼睛就真的可以做到完全公允了吗？我只能说，这个神明大概反映了人们经常被眼睛看到的事情所误导、所迷惑的意思吧。想来眼见也许并不一定为实，毕竟有些现象本来就是有人故意为之，刻意做出来让人看到，让别人的眼睛成为自己利用的事实而已。于是我们想到把眼睛蒙上之后，五感中最重要的一感就没了，其他的感官就变得更加灵敏起来，于是也就有了明辨是非的能力。佛教中的第七感好似也有这层意思。

古有女鬼画皮迷惑人心，现在也有许多人凭借假象获取利益，蒙上眼睛，让自己的心去决定一件事情的错与对，也许是一种更能贴近事实真相的方法吧。说起来，难怪圣斗士星矢里面的紫龙只要瞎了双眼就会实力暴走，这是不是也在暗示着眼睛有时候的确是会坑队友的?

人类是最懂得客观的物种，也是最不懂得客观的物种，我们知道被自己的感官以及潜意识欺骗，却时常不愿意相信发生的一切源自何处。于是我们遮住神明的双目，让他们替我们维持心中所向往的真正的公平，把这种不切实际的梦想交给虚无缥缈高高在上的信仰，是寄托，是妥协，还是逃避？说到底，绝对的公平本就不存在，想要公平就要用尽力气跻身于可以享受公平的阶层，而这本身就不是公平的，于是乎，大千世界芸芸众生，一生所求大概就是能够获得自己应得的平等吧。

走在纽约街头，第五大街上时尚的气息，时代广场上拥挤的繁华，百老汇里略显粗浅的艺术，还有华尔街的那只被人摸得锃光瓦亮的大铜牛，都彰显着这座北美洲最繁荣城市之一的地位。闭上眼睛还是能听到这座城市的呼吸声、穿梭的人群和车辆的声音、叫卖喊声的层层迭起，还有时不时会摩肩擦踵的尴尬充斥着这个7月4日的夜晚。布鲁克林大桥的方向传来人们的欢呼声，我和大神顺着似有似无的轰鸣声向天空望去，砰的一声轻叹，独立之花就这样伴着星光点点的夜色绽放了。

斯诺登的事情发生在三年前，他第一次泄露出那些美国政府不为人知的行为和信息时，可以说是举世震惊。当时除了各国政府在国家层面上的交涉核实外，这件事情也成了全世界网友的重要谈资，美国一向标榜的自由终于给了他们自己一记响亮的耳光，于是就有了后来的斯诺登绕世界逃跑，逗留在各国机场，最后终于在俄罗斯获得了政治避难一年的权利。整个事件之滑稽、之狗血让人震惊且浮想联翩。

从信息时代开始，人们就应该做好了被人透视的准备。想当年写一封信漂洋过海要一两个月才能到，如今一个电话几秒钟就能让你和地球另一端的人对上话。通信的发展，让人们的信息触角伸得前所未有的长，比如我坐在自己的办公室里就能知道比利时的地铁爆炸案有多少人罹难。在信息共享的同时，信息的安全性就大大降低了，各种公共服务平台、摄像头等都成为信息的提供方，只要拥有一定的技术支持，任何人都可以获得想要知道的信息。于是我们开始思考，究竟该如何保护自己的隐私，以及究竟该如何看到别人更多的隐私。人们有保护自己隐私的自由，同样也有着满足自己好奇心的自由，这本身就是一个悖论，就像郭德纲在相声里说，人们做了好事儿总想让鬼神知道，做了坏事儿总想不让鬼神知道，太让鬼神为难了。

网络，是这个时代特有的产品，在过去的几百万年里，从来没有一个东西能通过几个芯片的谐振，就让一个小小的字符传到十万八千里之外去的。想来假如早点儿有这个东西，唐三藏连经都不用取了，直接让如来佛祖用邮件把大乘佛经发过来就是了，至于那路上本该遇到的九九八十一难也就这样轻轻松松地避免了。畅游在信息的海洋里，我们可以自由地挖掘自己需要的数据和内容，可以看到千年以前的历史，可以听到远在天边发生的故事，也可以把自己的一切分享给别人，这就是一种存在于网络中的自由。

说到网络自由，美国的大部分网站的确不需要实名制认证，听起来好像是任何人都可以在网上顶着各种马甲胡说八道，然而最近的一则新闻让我觉得这所谓的自由也的确并不是完全的。

几个星期前，一个中国留学生在社交网站上传了自己拿着枪的照片，并在描述中使用了威胁性的字眼儿，意思就是如果教授给他不及格他就要把教授怎么怎么样，全程的中文表述其实也就是表达了一下一个学生对于即将到来的期末的恐慌。然而这个留学生第二天就被警察找到，并最终被遣返回国了。原因很简单，这种具有恐怖色彩的言论威胁到了公共安全，所以美国人毫不客气地把他请了回去。假如说你还在对中国的各种网络监管和谐耿耿于怀，那么我只能告诉你在这个以自由民主为主体的国家，网络监管也是无处不在的，无非他们做在了暗处，而我们则是放到了台面上。这样想想，作为君子之邦的我们，比起他们还是要坦荡一些的。

自由是什么？是一种状态，一种无拘无束的心态，一种自由自在的心态；一种追求，一种可望而不可即的追求。历史上从来都不缺乏沾满鲜血的自由之战，每一次人们对于自由的追逐几乎都会引来整个社会的改变，周而复始得好像有着内在规律一般。

奴隶社会的残酷注定了大多数人都处于被奴役的状态，于是这些社会的大多数人挑了一个天赐良机给了奴隶主奋力一击，推翻了奴隶主，获得了自由；紧接着封建的帝王们登上了舞台，把人们分成了三六九等，虽然比奴隶制度下的法制看起来合理得多，却还是压迫大多数人来使少数人获得利益；久而久之，平民阶层的人又占了大多数，当他们拥有了足够的力量，积攒了足够的不满与愤恨，又一起联手把皇帝赶了下去。西方社会过渡得平缓一些，有些国家采取了君主立宪制，保留了国王的位置，却没有任何权力；东方就简单粗暴地废除了皇帝，进入了民主时代。近现代的历史大家都略有所知，总而言之我们这些老百姓在自由的道路上又进了一步，甚至跳过了资本主义社会，直接开始社会主义。这中间的政治过程不做评价。

单就自由程度而言，实际上大多数人对于自由的要求很低，能够自由地生活、自由地学习、自由地谈话、自由地交友，能够拥有一方属于自己安安静静的家园就够了。很少有人会仗着自由去到处杀人放火，就像电影里说的："杀人不犯法，我也下不去手。"那种毫无动机的大奸大恶之徒我相信还是少数另类。于是当这种程度的自由被社会满足时，整个国家就会进入一个发展的时期，每一个人都在自己的位置上做着各自的事情，维持整个国家机构的运作和进步。历史的经验告诉我们，没有任何一种法度是永久适用的，随着时代的脚步，我们必须不断地进行与之相适应的调整来维护人们当前对于自由的渴望和要求，用这种相对的自由来稳定大面上的安定团结，就是一个团体的发展之道。

饭要一口一口地吃，路要一步一步地走。在美国求学的这些年，我发现美国教授真的比不得中国教授负责，或者说他们更擅长"放羊式"的管理，对于他们来说，博士学位是你的，科研也是你的，知识也是你的，为什么要我监督着你完成呢？于是这里的学生有着非常强的自主管理能力和创造力，这是一种自由，更是一种信任。也因为这份自由，美国学生拥有比我们的学生强大许多的创造能力和独立能力。而在传统的中国教育中，学生自小就是被家长、老师看着、管着，甚至逼着，经常有些学生还没到开花结果的年纪，就已经被摧残得连树枝都不见了。我们没有给孩子们自由的环境，于是成年后的他们也不知道怎么使用这种自由，然后才有了许多年轻的小留学生到了美国之后就误入歧途的故事。想想也是挺可悲的，在该给予自由的时候没有给予，在不该过于放心的时候又把这一只只小鸟放飞到无拘无束的大自然中，结局当然不会总是大团圆的。

虽然自由看不见摸不到，却是确实存在的，也是有度可依的。目前来说，最直观的方法就是，整体素质越高的人群，越不会滥用自由，也越可以驾驭更高的自由。当一个人有足够的知识去支撑自己的三观，他在自由的环境下做出错误决定的概率就会变小；反之，你放任一个对生活一无所知的人去自由生活，就无异于让他自取灭亡，虽然也可能会出现被称之为天才的人物，但概率毕竟太小太小了。自由不是在捕风捉影空谈梦想，自由是来源于你对自己的约束，对社会和他人的尊重，由此换来的相对自由的生活状态，就是这么简单。

2014年的某个南极生物学大会在南非召开，我有幸看到了这个传说中遍地是钻石的国家，同一片大陆上，相比于富饶的南非，北非就是一个偌大的战场。自从卡扎菲不在了之后，这片古老的大陆可算是获得了神圣的自由，于是在没有任何社会制度的基础上，那里的人民决定自己选出自己的领导者。他们投票、选举，却不是所有人都服从选举的结果，看到自己不满意的结果，他们就自由地拿起枪推翻这个结果。每个政权的拥护者都拿起了武器捍卫自己的政权，打来打去，暗杀来暗杀去，这难道就是他们要的自由？古老的金字塔群就这样静静地站在太阳下，注目着脚下的人民在一场一场为自由而战的争夺中消耗着所剩无几的资源和气数，却什么都做不了。

杞人忧天的状态正high，大神发短信来问我在干什么，我回道："我在想当年火烧战船的时候诸葛亮为什么要放走曹操。"不明所以的大神毫不在意地痛骂我不好好搞科研，我哈哈大笑地告诉她，做科研这种事情当然要心情舒畅地放肆做、自由做，才能做出品位来。

所以，假如你觉得生活困住了你，你懂自己想要什么样的自由吗？

从柏拉图开始，但凡智者总会希望通过自己的思想引导人们走向自由与平等，希望通过自己的努力使社会成为美妙的乐园。不知道是不是巧合，繁荣的古希腊文明中哲学和艺术占据了很大一部分，那些早期的哲学家通过对人生的观察和总结，留下了一些甚至现在仍然具有指导意义的文章和思想。不得不说，这是经济基础发达下完成的思想上层建筑，通俗地说就是吃饱了没事做，只好拍拍肚子替人类思考一下人生的方向。

伟大的苏格拉底，从自己不幸的婚姻中领悟了许许多多的生活哲学，当然其中很大一部分都是用来描述或者影射自己彪悍的太太的。从这个情况来考虑，自由大概也属于上层建筑

才对，可是普遍观点认为自由是人类对于生活的最基本需求，两者之间究竟是矛盾的，还是不同层面的相似，我不得其解。大神告诉我，安静的地方适合思考，既然你要去南极，那是个没有喧嚣、没有娱乐，甚至连网络都受到限制的地方，物质生活的朴素刚好可以让你的大脑活跃起来，像这些问题，你完全可以在南极好好思考一番，也许还能顿悟出一两个新的哲学观点。

南极是全人类的领土，没有国籍，也不需要申请任何签证，假如你也有兴趣到南极一游，这签证的麻烦和费用就算是省下了，这片大陆是属于我们所有人的哦。很庆幸，当人类登上这片领土的时候，已经过了那个疯狂的领土占领期，屠杀当地土著的残忍也已经被制止，又或者是第一批抵达这里的人都被这里的纯洁所折服，不愿让这里演变成另一片资源争夺的战场，也可能只是简单地因为这片贫瘠且气候极端恶劣的大陆实在没有什么好瓜分的。总而言之，这片大陆到目前为止还几乎保持着几万年前的样子，生活在上面的生物依旧自在，没有开采，没有捕杀，没有侵略。不得不说，人类历史上总有一些伟大的人能保持清醒的头脑，做出一些值得世界喝彩的事情，即便这些头脑清醒的伟人大多有一个悲壮的结局。

世界各地的博物馆中都会收藏一两件动物标本，企鹅则是大多数极地博物馆会拥有的标本之一。那些本该活生生的动物，被人类用各种药水和手法制作成栩栩如生的标本，生命的鲜活定格在一个滑稽可悲的瞬间。每当有家长带着孩子来到博物馆，孩子们眼中充满了好奇，却很少有对生命的敬畏，从小就知道自己处于食物链顶端的人类，一直在地球上为所欲为。所幸我们已经过了那个肆虐和毫无顾忌的时代，人道主义掩盖了许多残忍的真相，可如今隔着玻璃我仿佛依然能听到那些被做成标本前的动物的悲鸣和哀伤。

纽约大都会博物馆，是一个美国著名的旅游景点，对于狂热的博物馆爱好者来说，自然不会放过这个地方。大神告诉我，这是她最喜欢美国的一个地方，每次来纽约都要来看看。作为一名文科生，她自然是来欣赏艺术的；而作为一名科学家，我显而易见是来探索的。这里典藏了许多艺术品、旧报纸和一切可以记载美国历史的老物件，当然也有一些是其他国家为了和平而捐赠的礼物，比如埃及的丹铎神庙和木乃伊，这些来自古埃及的历史使得这个只有几百年历史的美国博物馆也蒙上了一层神秘的面纱。而对于我来说，博物馆里呈现的东西与其说是一个故事、一段历史，不如说是一种包含着过往的精神。

世界日新月异的发展是站在无数巨人的肩膀之上的，而美好繁华的进步下，很少有人会注意到那些血迹斑斑的过往，那些为了今天的美好而牺牲的人，有的被人记住，而大多数都默默无闻地魂归大地。站在亨利八世的盔甲前，看着几百年前的工艺和雕刻，我告诉大神，不论出于何种理由，人类从来没有放慢过探索的脚步，哪怕是以付出生命为代价。

迎面走过来一个小女孩儿，手里拿着一张漂亮精致的明信片，上面画着一只七彩斑斓的热气球，里面坐着一只小羊、一只鸭子和一只鸡。

又是一个关于探索的故事，也许是进化的过程中我们被拿走了飞行的能力，人类对于飞行的渴望从未停歇。很多人都听过古代中国有一个发明家把炮仗捆在自己身上打算上天，结果真的就这么上天了，灵魂也上天了。说白了，人类只是想要飞到更远的地方去看看，去看看这个世界究竟有多大，究竟还有什么自己不知道的内容和美丽，我想，这也是一种对于精神自由的不懈追逐吧。

让 · 弗朗索瓦 · 德罗齐耶，这位法国的物理老师，第一次看到热气球飞行的时候就点燃了他内心的小狂热，于是他把羊、鸡、鸭放上了热气球，看着它们冉冉升空，成功之后便自己登上了热气球，开始了他的飞行梦，据记载他成功地飞到了海拔3000英尺的高空中。这让他信心大增，计划坐着热气球穿越英吉利海峡，而这就是他这一辈子最后一次飞行。热气球漏气使他就这样从天空中跌落死亡，为他的自由付出了生命。历史上从来不缺这样的人，不论是什么行业都好，总有一些人不惜一切代价地探索、实验、牺牲，他们惧怕的不是死亡，而是在有生之年庸庸碌碌地被困在这平凡的躯壳里。

博物馆里的那些过往告诉了我们一个又一个曾经存在过的真实的故事，而地球上仍然有着无数的不为人知的地方等着我们去探索，我把这次的南极之行当成一次冒险、一次探索、一次追逐自由的旅行。我是一个平庸的人，却还是不甘心拥有一个乏味的人生，也许等我疲累了，等我失败了，等我被生活磨去了内心那点儿勇气，就能安静地做一个淡定的自己，而现在的我，还想要跟随着那些过往的牺牲，继承下那份力量，让探索延续下去。

小胖告诉我，当我登上南极大陆的那一刻，就会感受到人类的渺小，或者伟大；就会感受到自己对于探索未知的渴望，以及对于大自然发自内心的最大敬畏。

上东 桃花源

初到纽约的人并不会被这里的时尚所吸引，最先感受到的恐怕是如国内一样拥挤的交通和匆匆行人。和世界其他地方的金融城市中心一样，这里有着发达的公共交通，也有着来自世界各地的人群，不同的肤色、不同的脸孔，甚至不同的语言都在这里交汇成一锅大乱炖。坦白说，我第一次在纽约乘坐地铁的时候真是被轨道上乱窜的大老鼠给吓了一跳，脏和乱在这座城市的地下系统展现得淋漓尽致。前往法拉盛的路上经过了布鲁克林的黑人区，据传说这个地方黑帮林立，晚上睡个觉都能听到窗外火拼的声响，至于真实与否，将来各位有兴趣可以前来一探究竟。

和外围的纷扰不同，中央公园坐落于纽约的上东区，从谷歌地图上俯瞰这片区域，就好像是水泥沙漠中的一片绿洲，安安静静，别具一格地静卧在城市中间。没有任何边界却把自己跟周遭的凡俗相隔开来。忽然走进这里，绿树成荫，繁花似锦，像是误入了桃花源，心里被城市勾起的各种烦躁瞬间消失得无影无踪，偶尔从树下冒出来的小松鼠，憨态可掬地抱着食物，时不时还会抬头打量你几下，煞是可爱。

听说这里一年四季有着不同的景色，偌大的地皮在闹市中，毫无盈利，也不知道是怎么被政府从开发商的爪牙中保留下来的，这座中央公园已经成为美国上东区的标志性的祥和之地。冬日里肃杀的大雪沉甸甸地坠在枝头，扑簌簌落下一块来，更显得周围安静得没有一丝喧闹；春天的樱花悄悄地开在半空中，一仰头的距离就可以感受到还夹杂着阵阵冷意的春风拂面而来；夏季自然的热闹属于所有的生物，阳光调皮地跳跃在每一棵树上，叶片的绿色浓重得好像能滴下来似的；秋天的红叶沉淀出各种收获的美好，一眼望去就算树下站满了人，也好像只是一幅静物画，大自然的调色盘永远都不缺乏美，难得闹市区能有这样一块地方。

我和大神走在这片充满绿意的园子里，想象着古代皇帝游御花园是否也如我们此时一样惬意。公园有开放时间，却是免费进入的，这就是这个高税收国家回报给大众的一种福利。但凡没有利益的地方都可以是桃花源，没有价值，就没有争夺的必要，没有争斗自然就是一片净土。大神说，就是这种政府出面拥有的公园才能保持这样的状态，贪得无厌的开发商想必该是恨得牙根痒痒了。

人性本是贪婪的，所以我时常对于南极这片无人所属的大陆抱着强烈的好奇，虽然对于南极大陆下面的矿产资源还无迹可循，但是南极大陆周遭的海洋资源想来也该是富饶的。为了保持这块大陆的原貌，南极只能被用来做科考，没有建筑，没有盈利。尽管如此，只要人类登上了这片地方，这里就不再是一个与世隔绝的桃花源，我们带来了新的空气、新的尘土、新的食物。如果说中央公园是纽约的桃花源，那整个南极大陆应该就是地球的桃花源吧，不太走运的是这个桃花源自从被人类发现开始就对我们有着强烈的吸引力；而幸运的是这片大陆拥有极端的气候和贫瘠古老的土壤，阻挡了我们的探索，却也阻挡了人类过多干涉这片古老的桃花源。

在陶渊明的《桃花源记》里面有这样一段：

余人各复延至其家，皆出酒食。停数日，辞去。此中人语云："不足为外人道也。"既出，得其船，便扶向路，处处志之。及郡下，诣太守，说如此。太守即遣人随其往，寻向所志，遂迷，不复得路。南阳刘子骥，高尚士也，闻之，欣然规往。未果，寻病终，后遂无问津者。

陶渊明笔下的渔夫不顾叮嘱依旧把桃花源的秘密说了出去，但是为了给美好留下一点希望，竟然再也没有人找到过这里，无人问津也可以理解为桃花源就这样像一朵遗世的玫瑰一样默默地存在了下去，虽然你找不到，却知道它就在那里，兀自美丽着。

我想啊，真正的保护也许就是不问津吧。

女神你站得累不累

说起美国，除了这里标榜已久的自由民主外，还有一样东西是人们津津乐道的——自由女神像。当年那部红遍全球的《泰坦尼克号》，杰克站在船头等待着露丝，展开双臂两人相拥而立，当露丝睁开眼睛几乎能看到那个小小的自由女神像的身影，又或者说她本就是一个女神，当年众多男人心中的女神，而青涩帅气的杰克就这样带着她一起飞。尽管当年这部电影并没有为小李子带来一尊小金人，但无疑把年纪轻轻的他送上了全球知名明星的宝座。

泰坦尼克号因为撞到了冰山最终永远沉睡在了大海深处，许多年后，人们派出各种潜艇寻找当年的残骸才发现这里早就变成了鱼的故乡。就

像是大西洋底的那座静默的城邦一样，有了新的居民和气象。据闻南极冰川每年都在加速融化，也正因此而改变了整个地球的气候，飓风多发、海平面升高、气候变暖，这件事情从不为人知到现在极大程度上影响了我们的生活，也不过短短几十年而已。就是这样，仍然有许多人根本不相信这是事实，比如最近如火如荼进行的美国总统大选中，就至少有两位候选人公开宣称全球变暖是无稽之谈，想想也是醉了，女神啊女神，你的子民很善于自欺欺人啊。

自由女神像，全身呈铜绿色，从1886年开始就站在纽约曼哈顿纽约港，注视着这座城市、这个国家和从海上漂洋过来的各色人们。这是一座新古典主义塑像，是法国赠送给美国的礼物。女神身着长袍取型于古罗马神话中的自主神，右手将火炬高高举起，左手捧着一本册子，上面记载了美国《独立宣言》的签署日期，断裂的锁链散落在脚下，象征着自由，象征着这个国家追求的最高梦想。

据说女神的设计者巴特勒迪受到当时时事的启发，想要纪念奴隶制的寿终正寝，但由于当时的法国政治陷入困境，导致女神的雕琢一直推迟到了19世纪70年代。雕刻好的自由女神像立刻成了全世界人们争相观赏的对象，也成了美国的标志性建筑物。历经多次修缮，女神也见证了许多的争斗和战火，所幸的是她依然矗立在港口，为每一个来瞻仰她的人展露出温柔、美丽和自由的气息。

作为一座国际化的都市，纽约的观光巴士出售三天有效的套票，其中包括了室内观光、双层巴士和港口的渡轮，想要一览女神风采的观光客几乎都不惜排队一个小时，也要登上轮渡游走到女神的脚下，仰望世纪的纪念品。纽约这种大都市拥有相当发达的公共交通，比起出租车要便宜，比起自己开车要安全轻松。

我和大神坐着游轮经过了自由女神的周围，那是一个傍晚，登上游轮之后半个多小时，趁着夕阳西下的和暖，我们驶到了女神的脚下。人们纷纷从船舱登上甲板，橘黄色的太阳照耀着女神的面孔，古希腊的雕刻风格很明显地展现在女神的肌肉线条以及面部表情上，而略显温柔的轮廓又透着现代艺术品特有的大气，单从艺术的角度来说，也许女神只是一座宏大的雕塑，但站在历史的角度，女神的地位想必也无法取代吧。

船长的时间把握得很好，当我们背向女神离去的时候，太阳也渐渐落入海底，夜色毫无违和感地降临。不算漆黑的夜空中，女神剩下一个妖娆的倩影，远远望去让人浮想联翩：两百年的时间，她就这样站在这里，不知道会不会寂寞，会不会无聊，假如女神有灵魂，她是否也会觉得站累了？但凡神祇，大多有无限漫长的寿命，在这永无止境的矗立下，她是否也目睹了我们历史上一幕幕最为血腥残忍的场景？她是否对于人类为数不多却难能可贵的善意记忆犹新？

我问大神：“你说女神站在那儿累不累啊？”

大神端起咖啡十分做作地嘬了一口说：“习惯了就好。”

第三章

南 极
——没有国界的大陆

南极，地球最南端的大陆，不同于大家以为的冰天雪地，这里有湖泊、河流、冰川、沙漠、山谷。丰富的地形地貌以及缓慢的地质改变使这里成为记录地球历史的一卷画册。3亿年前的土壤静静地躺在山谷里，砂石满地连一个脚印都没有，整片大陆几乎还保持着上一个冰河期刚刚消融时候的样子。从人类第一次登陆南极，不知道哪位英雄好汉做出的英明决策，要把这里作为公认的地球保留地，不允许任何污染、任何争斗、任何攫取。于是到目前为止，南极仍然一派纯洁，只有科考的工作人员在这里小心翼翼地生活，艰苦而坚定地守着地球的秘密。

说走 走不成的南极之行

从收到老板通知到第一份需要签署的文件送到我手上，中间间隔了不到一个月的时间。刚入三伏天，我掐指一算，这距离我们出发还有半年的时间，现在就开始准备文件会不会太早了一些？打开文件的一瞬间，我就明白了美国科学院的良苦用心，去南极大陆需要非常烦琐的文件批准以及体检要求，要签署合同，完成网上的培训、安全教育、网络使用教育、体检、行程规划等一系列的内容，除去我们平常的正常工作不论，单就这些东西的准备就不是一两个月能完成的。当然，科考进入南极的要求自然比旅行要稍微高一些，毕竟我们不可能坐着游轮从智利南下直接在南极的外围看看冰川、看看企鹅。科考的时

间也相对较长，深入腹地的我们也要接受各种训练。对于有兴趣到南极旅游的朋友们，我也建议在去之前做好体检，不论何时，出门在外都最好不要生病，何况是到遥远的南极大陆呢。

作为中华人民共和国的公民，我的护照并不能保证我完成说走就走的旅行，比如说我们登陆南极需要途经澳大利亚和新西兰，尽管南极不需要护照，可我还是面临着要申请这两个国家签证的“尴尬”局面。对于签证这个问题，是我们海外旅游一个非常基本的门槛，大部分人在旅行之前都会交给旅行社去办理自己的签证。按照我的经验，假如英语还算过得去的话，自己申请签证也不是不可以，放心还省钱。当然对于图省事的朋友们来说，跟团旅行自然是一个不错的选择，一条龙服务，虽然可能不是特别自由，但也算是省心。更何况目前到南极自由行还是需要很大的勇气的。友情提醒大家一点，现在许多国家都对中国实行了过境签、落地签，我们的护照还是大大有价值的，想要出国的朋友可以提前在网上查好，防止被忽悠。

老板告诉我，美国人是可以申请电子签证入境这两个国家的，表情上略带骄傲的神情一闪而过，却仍然被我抓了个正着。我平静地告诉他，这两个国家的签证我都需要申请，一共需要花费470美元。让我欣喜的是，老板自告奋勇打算帮我出这个签证费用，然而我思虑了一下就做出了让我现在想起来都后悔的决定：“不用了，我自己来吧。”

出于某种莫名的自尊心的考虑，人经常会在脑子一热的情况下做出愚蠢的事情，比方说我当时认为如果不让老板帮我出这个钱，他就会觉得亏欠我，那么我暑假回国多玩儿一段日子他也应该不会有意见吧。事实证明，老板对于我回国这件事情完全不在意，最终就变成了我非要自己付钱！他还到处散布说是我不让他替我出钱的——当然这确实也是事实。唉，多么痛的领悟啊！后来想想，作为我大中华的美少女科学家，自己出钱申请签证有什么不可以，最起码代表我大陆人民不是连茶鸡蛋都吃不起啊，对不对？想到自己又为祖国争光了就一阵欣喜，虽然并没有什么人在乎。

持有美国学生签证的同学们可以在美国直接申请另一个国家的签证，而且通常不需要面签，看看该国领事馆需要什么文件悉数寄过去就可以，一般都是寄到华盛顿，也有一些大城市会有大使馆可以办理签证。我个人认为寄过去还是比较方便的啦，唯一要提醒大家的是，有些国家是不需要护照原件的，比如澳大利亚从去年开始就取消了签证贴签服务，也就是说你的护照上无论如何是不会有澳大利亚签证页的，原因是他们觉得贴签太麻烦（这个国家是有多懒才会有这样的政策！），于是都改成了系统记录和邮件发送你的签证信息。所以千万不要把你的护照原件寄过去，这些连贴签都懒得贴的国家是不会有心情帮你把护照寄回来的。

由于有一个国家不需要护照原件，新西兰和澳大利亚的签证申请可以同时进行，签证照片用申请美国签证时的照片完全没问题，想要去玩耍的同志们大胆地申请吧。对于在国内的朋友们，因为可以免签，所以申请周期要比邮寄短很多，个人签团签都没问题，拿着你的中国护照，勇敢地走出国门是绝对没有问题的！在等待的同时，我继续填写文件上需要的内容，包括我的身高、体重、背景等等，对于这个问题，我和老板有过这样一场讨论——

“作为一个中国人，我去美国科考站工作，没有问题吗？会不会引起什么国际政治纷争？”

“不会的，你是我的学生！我的队员，跟国籍没关系！”

“哦，那我到了那里能不能去中国南极科考站吃饭？”

“……”

“不是说南极所有的科考站都是对外开放的吗？”

“理论上可以去，但是很远，有这个工夫你还是多干点儿活儿吧。”

就这样，我想去长城站蹭饭的计划落空了，天真的我以为大家的科考站都建在差不多一个地方，毕竟南极可以用来盖科考站的地方肯定有限嘛。等我抵达了南极之后才发现自己的想法有多么可笑、多么坐井观天。

新西兰和澳大利亚的签证在一个月后相继出签，毫无意外地拿到了一年多次往返的签证。心有余悸的我跑去问老板：“机票还需要我自己买吗？”老板哈哈大笑地说：“当然是政府出钱了，你只要告诉他们你希望什么时候到就可以了。”事实证明政府并不太在意我们的意愿，从机票情况来看，他们也只是订了相对便宜的时间，于是我需要在悉尼停留将近12个小时，经过友好协商，我和组里另外两个女孩子决定用这12个小时悉尼半日游，去看看世界闻名的歌剧院究竟有多白、究竟有多震撼，去看看这个靠在海边的季风城市有什么特别的小气质。

六个月之后，我登上了前往悉尼的飞机，这时候老板才发现我和他根本不在一班飞机上，并且只有我一个菜鸟新人被单了出来，需要一个人完成超过三天的飞行，当然这是后话了，老板在电话那头强烈谴责了不负责任的政府官员，也表达了对我的担忧。

我大无畏地告诉他："其实你不用担心我，国际航班我经常坐，熟得很！"

喜欢旅行的好处并不是你能变得多有内涵、多有气质，而是你会变得不害怕；见多识广也不是让你能在众人面前脱颖而出，而是让你面对任何问题都有解决的方法。如果说读万卷书可以让人腹有诗书气自华，那行万里路就能让人拥有一种淡定坦然的品质和勇敢。本人不才，对于家常便饭一样的旅行实在是没什么好紧张的，舒服地找了一个有充电口的位置坐下给家里打个电话，报个平安，顺便买了一杯饮料，悠闲地等着登机的时间。

坦白说，我并不愿意和老板他们坐一架飞机，15个小时的旅程，和自己的领导在一起该有多别扭、多不放松，我不说大家自己体会吧。更何况，老板本来还准备在飞机上给我科普一下南极团队里所有大牛的研究内容，也就是说在飞机上至少要说超过8个小时的英语讨论专业科研。我的神，快让我晕机晕过去吧。现在好了，一个人坐飞机，一个人享受这趟旅途，自在轻松，惬意无比。

不知道有多少人如我一样喜欢旅行，不知道有多少人如我一样想去哪里就会想办法去，这个世界上鲜少有真正说走就走的旅行，然而假如你真的想走就一定能走得了，南极在六个月之后的圣诞节等待着我。如今我已经能够很平静地把这段经历敲打出来，而当时等待中的六个月，忙碌紧张又兴奋的感觉真是五味杂陈，美妙自知。

大神拽着我量来量去，因为要填写自己的身材以方便新西兰方面准备去科考的全部装备，大神认为这很重要，万一手套大小不合适，万一棉袄扣子扣不起来，那就真是要命了。于是她非要扯着米尺给我量，虽然我觉得她热情的动机完全是想要窥探我的隐私，或者是单纯觉得好玩儿，却还是让她量了一下，毕竟她说的也不是全无道理，所以我就没有告诉她，到了新西兰试穿衣服和装备的时候还可以调整大小和码数，所以现在填得也不需要特别精确。不想扫了她的兴，也不想扫了自己的兴，有人在身边能因为你的小兴奋而兴奋，因为你的经历而激动是一件幸福的事情，无谓让实话打扰这一切，更无谓用自己的冷漠淡定去浇灭别人本想要与你一起分享的快乐心情。

《南极公约》约了点儿啥

这是一个拼文化的时代，颜值不一定人人有，可文化是可以后天获得的。假若你有一天到南极旅行，就一定要先了解一下著名的《南极公约》，用来掉书袋或者展示自己的博学都是很不错的选择哦。你想啊，当别人都在大喊着“企鹅，企鹅，快看企鹅”的时候，你微微一笑，看着干净的南极洲，娓娓道来南极洲发现的历史和企鹅能幸福至今的缘由，这是一件多么有品位的事情，当然请你自行控制“炫耀度”，不然因为扫兴被人排挤了可不要来找我。

为了约束各个国家不要来南极打架，上个世纪各国政府签署了《南极公约》，用来作为管理南极大陆的指导性的章程。意思也就是：南极是大家的哦，谁都别想独占。由此一来，南极就和海洋一样不属于任何一个国家。1959年，阿根廷、澳大利亚、比利时、智利、法兰西共和国、日本、新西兰、挪威、南非联邦、苏维埃社会主义共和国联盟、大不列颠及北爱尔兰联合王国和美利坚合众国政府共同签订了《南极公约》，这也是世界上第一个为环境所制定的多边公约，是人类第一次为了保护生态环境立下如此郑重的盟誓（大概人类终于意识到自己的杀伤力有多大了吧）。公约里明令禁止在南极搭建军事设施、核武器设施，丢弃核废料，等等。鉴于当时特殊的历史环境，我们已经把当时能想到的最严重最值得考虑的事情通通写进了《南极公约》。

凡是提到合同啊、公约啊、条款啊，我总是会一厢情愿地联系到《英汉大词典》上来，你想啊，那么多国家要签订，内容上有多严格就不提了，想要约束大家，想要尽可能避免漏洞，内容的详尽程度简直该复杂得不要不要的。所以当我第一次看到《南极公约》的时候，内心那叫一个万马奔腾："怎么就这么一点点？我高中的校规都比这个多好吗！"

自从《南极条约》缔结之日起，每年都会有一个《南极条约》协商会议，也就是关于南极地区共同管理的国际论坛，50个缔约国中，28个国家属于协商国，拥有表决权，另外22个非协商国家只能列席旁听，也就是不带他们玩儿，只让他们看看的意思。你们一定很关心我们中国是不是协商国之一吧，开什么玩笑？占世界将近五分之一人口的泱泱大国，他们敢不带我们玩儿吗？！自从美国联合苏联排挤刚刚建国的我们未果之后，自从非洲兄弟把我们抬进了联合国之后，自从我们那两坨蘑菇云相继在东方绽放之后，谁还敢不带咱们玩儿？！

作为在南极开展实质性科考活动的国家之一，我们也是28个协商国之一。改革开放几年之后，我国经济和科研水平都飞速发展起来，放下政治影响不表，至少我们的国家终于吃饱了。1983年我国政府递交申请，1985年10月7日，我国正式成为了《南极公约》的协商国之一。纵观现代的中国，不管是从什么时候开始强大起来，不管某些别有用心的国家在联合国大会上怎么攻击我们，中国的话语权越来越重是一个事实，谁都无法否认。

《南极公约》的内容附在了本节最后，为了方便大家理解，我在这里归纳了一下：南极是人类共同的领土，任何破坏这里的行为都是耍流氓！那为什么这么重要的《南极公约》只有14条内容呢？后来我了解到这是因为《南极公约》本身就是一个大纲要求，关于其他的详细内容规定还有其他公约，比方说，《保护南极动植物议定措施》（1964年签订，1982年生效）、《南极海豹保护公约》（1972年签订）、《南极生物资源保护公约》（1980年签订）、《南极矿物资源活动管理公约》（1988年6月通过最后文件，但由于《南极环境保护议定书》的通过，该公约并未真正生效过），以及 《马德里议定书》等等。这些议定书详细地陈述了关于南极以及周边环境资源的使用条例，在人类终于认识到自然的重要性之后，这些条规帮助我们尽可能保住这片天堂一样的大陆。

人类历史上出现过打着各种旗号、有着各种目的的各种条约，后来因为时代变迁，签过字又反悔了的国家也绝不是凤毛麟角。有的是有道理的，有的则是忽然发现有利可图想要分一杯羹。什么是有道理的？比如我们清政府当年被迫签下的条约，在新中国成立之后我们自然不可能承认，也不可能看着你们继续占着我们家的地盘儿啊。什么是没有道理的？就比如说签署《南极公约》之后许多年，有一些国家对南极提出了领土要求，也不过是科技的进步使得在南极开采资源不再是不可行的，既然有利益可图，当然要提出要求，耍耍流氓什么的（鄙视他们！）。

《南极公约》签署之后，有7个国家提出了领土要求，肤浅一点儿理解就是："我要在南极大陆划一片儿地方收签证费！"更重要的意义自然也是不言而喻的，所幸的是其他40多个国家基本上对于这种要求是无视的，因此也就没有然后了。要求领土的几个国家中，澳大利亚、新西兰和智利我是可以理解的，毕竟这些国家都与南极大陆非常近，许多国家去南极都要过境这些国家，也在这些国家设立了南极基地等等，因此他们要求特别待遇也算是有情可原。但是北欧的一些国家要求领土我就觉得有些过分了，喂喂喂，南极好吗？你这管得也太宽了吧？建建科考站就可以了，还想把国旗也插过来，有点儿夸张了吧。

目前处于世界霸主地位的美国和俄罗斯都保留了领土要求的权利，这又是什么意思？这是说现在我不要求瓜分南极的土地所有权，但是我不保证我以后也不想要。按照当前的国际形势来看，也正因为两位老大保留了领土要求的权利，才使得其他几个要求领土的国家没有机会得逞，至于未来会怎么样，作为普通的毫无影响力的人类，我拭目以待。

不论如今的《南极公约》还能约束到几时，至少它的存在目前还保护着整个南极的生态环境。茫茫世界只有科学家，没有军人，没有部队，没有政府，只有对于大自然的追逐和思考，只有对于人类进步的希望，当真是净土。为了人类自己，能守住一时是一时吧。

不知道是谁曾经说过，人类文明的进步可以从战争发展史上寻到端倪。终有一天，我们欣喜地发现敌人尸体上没有了牙印儿、没有了刀痕，于是我们高兴地对自己说，我们果然是高度文明的生物啊。多么讽刺的规则，大自然的弱肉强食完全平移到了现代人类社会中，发达的国家可以到别人的领土去打仗去叫嚣；落后的国家既要贡献自己的劳动成果，又要提防着不被其他国家吞并和侵占。

还是毛主席说得好啊：“落后就要挨打！”

《南极公约》，约的到底是人类对自然的反省，还是各方势力的平衡？这都不重要。不管出于何种目的，最重要的是，那里的天空仍蓝，那里的雪仍白，那里的空气仍洁净，那里的生物仍平和。

附：

《南极公约》

第一条

一、南极应只用于和平目的。一切具有军事性质的措施，例如建立军事基地、建筑要塞，进行军事演习以及任何类型武器的试验等等，均予禁止。

二、本条约不禁止为了科学研究或任何其他和平目的而使用军事人员或军事设备。

第二条

在国际地球物理年内所实行的南极科学调查自由和为此目的而进行的合作，应按照本条约的规定予以继续。

第三条

一、为了按照本条约第二条的规定，在南极促进科学调查方面的国际合作，缔约各方同意在一切实际可行的范围内：

（甲）交换南极科学规划的情报，以便保证用最经济的方法获得最大的效果；

（乙）在南极各考察队和各考察站之间交换科学人员；

（丙）南极的科学考察报告和成果应予交换并可自由得到。

二、在实施本条款时，应尽力鼓励同南极具有科学和技术兴趣的联合国专门机构以及其他国际组织建立合作的工作关系。

第四条

一、本条约的任务规定不得解释为：

（甲）缔约任何一方放弃在南极原来所主张的领土主权权利或领土的要求；

（乙）缔约任何一方全部或部分放弃由于它在南极的活动或由于它的国民在南极的活动或其他原因而构成的对南极领土主权的要求的任何根据；

（丙）损害缔约任何一方关于它承认或否认任何其他国家在南极的领土主权的要求或要求的根据的立场。

二、在本条约有效期间所发生的一切行为或活动，不得构成主张、支持或否定对南极的领土主权的要求的基础，也不得创立在南极的任何主权权利。在本条约有效期间，对在南极的领土主权不得提出新的要求或扩大现有的要求。

第五条

一、禁止在南极进行任何核爆炸和在该区域处置放射性尘埃。

二、如果在使用核子能包括核爆炸和处置放射性尘埃方面达成国际协定，而其代表有权参加本条约第九条所列举的会议的缔约各方均为缔约国时，则该协定所确立的规则均适用于南极。

第六条

本条约的规定应适用于南纬60°以南的地区，包括一切冰架；但本条约的规定不应损害或在任何方面影响任何一个国家在该地区内根据国际法所享有的对公海的权利或行使这些权利。

第七条

一、为了促进本条约的宗旨，并保证这些规定得到遵守，其代表有权参加本条约第九条所述的会议的缔约各方，应有权指派观察员执行本条所规定的任何视察。观察员应为指派他的缔约国的国民。观察员的姓名应通知其他有权指派观察员的缔约每一方，对其任命的终止也应给予同样的通知。

二、根据本条第一款的规定所指派的每一个观察员，应有完全的自由在任何时间进入南极的任何一个或一切地区。

三、南极的一切地区，包括一切驻所、装置和设备，以及在南极装卸货物或人员的地点的一切船只的飞机，应随时对根据本条第一款所指派的任何观察员开放，任其视察。

四、有权指派观察员的任何缔约国，可于任何时间在南极的任何或一切地区进行空中视察。

五、缔约每一方，在本条约对它生效时，应将下列情况通知其他缔约各方，并且以后应事先将下列情况通知它们：

（甲）它的船只或国民前往南极和在南极所进行的一切考察，以及在它领土上组织或从它领土上出发的一切前往南极的考察队；

（乙）它的国民在南极所占有的一切驻所；

（丙）它依照本条约第一条第二款规定的条件，准备带进南极的任何军事人员或装备。

第八条

一、为了便利缔约各方行使本条约规定的职责，并且不损害缔约各方关于在南极对所有其他人员行使管辖权的各自立场，根据本条约第七条第一款指派的观察员和根据本条约第三条第一款

（乙）项而交换的科学人员以及任何这些人员的随从人员，在南极为了行使他们的职责而逗留期间发生的一切行为或不行为，应只受他们所属缔约一方的管辖。

二、在不损害本条第一款的规定，并在依照第九条第一款（戊）项采取措施以前，有关的缔约各方对在南极行使管辖权的任何争端应立即共同协商，以求达到相互可以接受的解决。

第九条

一、本条约序言所列缔约各方的初衷，应于本条约生效之日后两个月内在堪培拉城开会，以后并在合适的期间和地点开会，以便交换情报、共同协商有关南极的共同利益问题，并阐述、考虑以及向本国政府建议旨在促进本条约的原则和宗旨的措施，包括关于下列各方的措施：

（甲）南极只用于和平目的；

（乙）便利在南极的科学研究；

（丙）便利在南极的国际科学合作；

（丁）便利行使本条约第七条所规定的视察权利；

（戊）关于在南极管辖权的行使问题；

（己）南极有生资源的保护与保存。

二、任何根据第十三条而加入本条约的缔约国当其在南极进行例如建立科学站或派遣科学考察队的具体的科学研究活动而对南极表示兴趣时，有权委派代表参加本条第一款中提到的会议。

三、本条约第七条提及的观察员的报告，应送交参加本条第一款所述的会议的缔约各方的代表。

四、本条第一款所述的各项措施，应在派遣代表参加考虑这些措施的会议的缔约各方同意时才能生效。

五、本条约确立的任何或一切权利自本条约生效之日起即可行使，不论对行使这种权利的便利措施是否按照本条的规定已被提出、考虑或同意。

第十条

缔约每一方保证作出符合联合国宪章的适当的努力，务使任何人不得在南极从事违反本条约的原则和宗旨的任何活动。

第十一条

一、如两个或更多的缔约国对本条约的解释或执行发生任何争端，则该缔约各方应彼此协商，以使该争端通过谈判、调查、调停、和解、仲裁、司法裁决或它们自己选择的其他和平手段得到解决。

二、没有得到这样解决的任何这种性质的争端，在有关争端所有各方都同意时，应提交国际法院解决，但如对提交国际法院未能达成协议，也不应解除争端各方根据本条第一款所述的各种和平手段的任何一种继续设法解决该争端的责任。

第十二条

一、

（甲）经其代表有权参加第九条规定的会议的缔约各方的一致同意，本条约可在任何时候予以变更或修改。任何这种变更或修改应在保存国政府从所有这些缔约各方接到它们已批准这种变更或修改的通知时生效。

（乙）这种变更或修改对任何其他缔约一方的生效，应在其批准的通知已由保存国政府收到时开始。任何这样的缔约一方，依照本条第一款甲项的规定变更或修改开始生效的两年期间内尚未发出批准变更或修改的通知，应认为在该期限届满之日已退出本条约。

二、

（甲）如在本条约生效之日起满三十年后，任何一个其代表有权参加第九条规定的会议的缔约国用书面通知保存国政府的方式提出请求，则应尽快举行包括一切缔约国的会议，以便审查条约的实施情况。

（乙）在上述会议上，经出席会议的大多数缔约国，包括其代表有权参加第九条规定的会议的大多数缔约国，所同意的本条约的任何变更或修改，应由保存国政府在会议结束后立即通知一切缔约国，并应依照本条第一款的规定而生效。

（丙）任何这种变更或修改，如在通知所有缔约国之日以后两年内尚未依照本条第一款（甲）项的规定生效，则任何缔约国得在上述时期届满后的任何时候，向保存国政府发出其退出本条约的通知；这样的退出应在保存国政府接到通知的两年后生效。

第十三条

一、本条约须经各签字国批准。对于联合国任何会员国，或经其代表有权参加本条约第九条规定的会议的所有缔约国同意而邀请加入本条约的任何其他国家，本条约应予开放，任其加入。

二、批准或加入本条约应由各国根据其宪法程序实行。

三、批准书和加入书应交存于美利坚合众国政府，该国政府已被指定为保存国政府。

四、保存国政府应将每个批准书或加入书的交存日期、本条约的生效日期以及对本条约任何变更或修改的日期通知所有签字国和加入国。

五、当所有签字国都交存批准书时，本条约应对这些国家和已交存加入书的国家生效。此后本条约应对任何加入国在它交存其加入书时生效。

六、本条约应由保存国政府按照联合国宪章第一百零二条进行登记。

第十四条

本条约用英文、法文、俄文和西班牙文写成，每种文本具有同等效力。本条约应交存于美利坚合众国政府的档案库中。美利坚合众国政府应将正式证明无误的副本送交所有签字国和加入国政府。

身体棒 才能去南极

从小到大我一直都标榜自己有一个无坚不摧的身体，强壮的体魄让我在“革命”的时候毫不费力。于是这次要前往南极之前的体检我也一点儿都不在意，就是这么一个不在意，居然让我给忘掉了。实际上收到体检通知表格的时候我正在国内度假，正在到处发布我要去南极科考的激动人心的消息，在大家羡慕的目光和赞许声中，膨胀到连邮件都忽略了。于是在10月底的时候，老板问我体检结果怎么样，我一脸蒙圈地看着他，表示对体检的事情一无所知。那是我第一次从老板的脸上看到“你是在逗我吗？”的表情，当时我本人也非常凌乱，表示根本没有收到那封体检通知的邮件。

当得知在11月中旬就要向总部提交体检报告，而体检要求的项目如天上的繁星一般数都数不清的时候，我站在老板办公室里接受着尴尬癌的洗礼。最后我掐指一算时间，如果我赶一赶的话也许还来得及，老板轻叹了一口气告诉我："你年轻，身体应该不错，像我这个年纪去南极的话，做完体检还要治疗一段时间，开出证明才能被批准去南极的。希望你和你看起来一样健康。"我当时就语塞了，什么叫和看起来一样？！

虽然不清楚去南极旅行需不需要提供健康证明，但是去科考却必须有过硬的健康的身体。假如身体检查出现了一些不达标的情况，必须第一时间医治，直到获得医生的健康证明为止。这让我觉得，南极科考究竟是一件多么可怕的事情。

从老板办公室出来我第一时间联系了发体检通知的部门，表示我没有收到那封邮件，很快便得到了答复，他们重新寄了一份体检表格过来，并附上了他们6月份就已经发给我却被我忽略掉的邮件。我心想，这群小心眼儿的美国人，真是的，还非要把人家拆穿！真正开始崩溃是我打开体检表格的一瞬间，除了常规体检外，还加上了各种心肺功能的详细体检，两种疫苗的注射以及血液化验20多项，生理体检居然还要求妇科检验！我就是去个南极而已，有必要搞得如此隆重吗？与这个体检表格一起来的还有一项是我们这一代中国人很少经历过的牙科检验，想我从七岁之后大概就再也没看过牙医，这下子可真有事做了。

当天预约了所有能够预约的检查，美国的医疗系统效率并没有大家想象得那么高，比如你今天打电话到医院，很有可能只能预约到下个礼拜的大夫，而如果你有急诊的话，等待时间也要超过20分钟，并且要支付高昂的急救医药费。学校给我们买的保险非常便宜，所以我面临着要自己到外面去检查眼睛和牙齿的情况，都说美国看牙齿非常贵，这次我也算是领教了，拿到账单的时候我这个肉疼啊，可爸爸却告诉我，国内看牙齿现在也差不多价格，让我的心理小小地平衡了一下。也因为牙齿的关系我错过了老板举行的一年一度的万圣节party，呜呼哀哉！

美国的医院并不拥挤，原因很简单，每个病人都被分散到各个医生的日程上，每天就只看这么几个病人，医院里的人当然少了。普通的身体检查大概一上午就做完了，只是抽血化验的结果要几天之后才能拿到，在证明了我的身体健康得像大牲口一样之后，我就被打发回家等待血检的结果了。

眼睛的检查就和国内配眼镜的检查内容差不多，而牙齿就麻烦得多了。因为长期没有自己的牙医（我们这一代中国人大部分都没有吧），于是我的牙床状况不算特别理想，医生看了看南极文件中的要求，为我制订了深度清洁的计划，并且告诉我要拔掉四颗智齿、修补三颗牙齿，我听得浑身汗毛都竖起来了，毕竟对于看牙的恐惧是每个孩子内心最不愿意回想起来的噩梦。但是为了去南极，我也无可奈何地必须接受，最后我用两个礼拜完成了对我牙齿的大改造，花掉了我一万多块人民币。一天之内拔掉四颗智齿，满嘴鲜血，麻药过了之后的疼痛让我连北都找不到了。神奇的是，作为一个喝了一个月粥的人，我居然一斤没有瘦！果然是神一样的体质，真是佩服自己啊。

抽血化验是在我拔掉四颗智齿的第二天，因为服用了止疼药导致白细胞大量减少，血检结果显示我的白细胞不足3000（正常人要4000左右吧），于是大夫有些为难地看着我，细细想来只能是止疼药的原因，可是她又不敢担责任就让我这么去南极。于是我提议不如再化验一次白细胞，毕竟现在距离我吃止疼药已经过去几天，如果白细胞上升了就证明我的身体没有问题。万幸结果证明我是正确的，因为时间不够了，我拿到所有的体检报告当天就立刻寄往南极项目总部，寄出材料的时候距离我开始体检只有短短的两个礼拜，你能想象寄出的那个瞬间我整个人是一种什么样的感觉，只想回去躺在床上睡一觉。

大概一个礼拜之后，我得到了总部的回复说是我通过了体检要求，并且附上了大夫的建议，比如我有些缺铁，就要求我自带铁片。老板惊讶于我的效率，对我竖起了大拇指，他哪里知道我这疲于奔命的两周是怎么过来的。看着我拔完牙还没有消肿的脸，他问我晕不晕直升机，我含糊不清地告诉他，没坐过不知道！他继续说，你可一定不能晕直升机，因为飞行员最讨厌晕机的人。怎么说呢？难道这种事情也是可以控制的吗？脑子里面居然出现了《人在囧途》中某位男演员晕机呕吐又吞下去的场景（反胃，恶心，好想吐）。

南极科考站，远离新西兰所在的岛，孤立且没有开发的大陆使运输成为一件成本非常高的事情，于是那里基本上可以用缺医少药来形容。如果你在科考站生病，他们也就能给你几片止疼药或者维生素，假如很严重的话就必须用运输机把你运回新西兰接受治疗，其中的烦琐昂贵可想而知。这也是他们这么在意科学家们的健康，并要求我们自己带上足够的药品和私人用品的原因，这几乎是一个自给自足的地方，提供吃住是科考站的义务，但照顾自己是个人的责任，没有人希望看到不必要的损失和牺牲，我们中的大多数人也并没有做好为了科研牺牲在南极的准备，因此只能在抵达南极大陆之前做好万全的准备吧。这样想想，全面体检一下也是好事，至少证明了自己真的很健康，还能为这个世界贡献好几十年，或者说要上好几十年。

生活日复一日，平静得就好像复制粘贴出来的一样，然而微小的改变却发生在每一分每一秒，你今天做的任何一件事情都有可能影响你的未来。都说时间是一条长河，不仅仅指的是它平静悠长、永无止境，也因为时间这个维度是连续的，你丢进去一颗小石子，也许根本不会想到眼前的这片涟漪能够绵延到多久之后的未来。

好好地活自己的每一秒，下一秒可能就会看到不一样的未来也说不定哦！

你好，世界！我来了

2015年12月26日，西方隆重而盛大的圣诞节之后的第二天，我只身一人来到机场，准备开始为期三天的飞行模式。不知道从什么时候开始，中国人也开始过西方这个纪念耶稣诞辰的日子，不过这个节日几乎已经沦为了商家打折的促销手段，平安夜当晚各种餐厅、各种电影院、各种KTV，还有各种酒店通通爆满，听说淘宝腾讯的两位爸爸每年这一天都会有大笔大笔的进账。而真正西方人的圣诞节更类似于我们的春节，是全家团圆的日子，大街上几乎没有什么人，除了纽约华盛顿这种大都市还算热闹外，普通的城镇连超市都不开门。

我曾经听过这样一个孤独的故事，有一个留学生圣诞节趴在公寓玻璃上看着外面的大街，大概两个小时之后面露喜色地跳了起来："终于看见一个人了！"搞得大家以为他疯掉了。由此可见，西方的圣诞节并不是如我们一样热闹熙攘，只不过是个给散落在全国各地的家人聚会欢庆的家庭节日。

说了点儿题外话，就在美国人民还沉浸在圣诞节假期的欢乐里时，我拖着一个硕大的箱子前往机场，出乎意料的是机场还算热闹，因为很多人都打算去度假。没有什么特别值得阐述的内容我就登上了飞机，开始了从盐湖城到洛杉矶，从洛杉矶到悉尼，从悉尼到基督城，一共40个小时的飞行。

前往澳大利亚的飞机上不但有电视屏幕镶嵌在前排的座椅靠背上，屏幕下面还有一个连线的遥控器，我一直觉得飞机上这种需要手指头操控的屏幕是一项反人类的设计，有时候你靠在飞机座椅上真的不想起来好吗？有了遥控器一切都迎刃而解了，而当我把遥控器反过来居然看到了游戏手柄，游戏手柄？！难道是我少见多怪、小题大做了吗？为什么我飞了那么多次中国、坐了那么多航空公司的飞机，却从来没有享受过这么便捷的装备呢？狠狠地跟朋友吐槽了一下这个情况，谁让我们中国人不擅长投诉呢？遇到不公平的事情往往都自己忍了下来，因此也没什么服务行业重视顾客的感受体验。西方人则不同，动不动就一通投诉，有时候还会升级到起诉，因此也就有了在美国退货容易到真的不讲理的地步了。

从盐湖城出发时是下午，到洛杉矶的时候我已经知道自己要独自前往基督城，于是心情大好。15个小时，一路上吃吃喝喝睡睡，座位旁边没有人倒也宽敞，我和同排的姑娘非常开心地轮流躺着睡。连上网络和大家胡扯了很久之后，终于感觉到累了，于是就睡得昏天暗地。因为起飞得早，我成为全组第一个抵达悉尼的人，热火朝天的旅游城市到处充斥着中文的标志和语言，倍感亲切，潮湿温暖的空气弥漫在整个机场。对于这个我再提醒一句，许多人出国都会有联络的需求，也就是电话和网络，其实各大机场的到达区域都会有办理临时电话卡的地方，所以不用太担心。大部分著名的旅游城市甚至有中文的办理柜台，你只需要淡定地走过去，选择自己需要的套餐就可以了。另外，我们经常认为柜台办理的比私人的要贵，实则不然，出门在外最好凡事都走正规路子，那些满机场拉客人的生意能不接触还是不要接触了，以防万一，毕竟你人生地不熟，真出点儿事儿吃亏的只能是你。

一个小时之后，我和两个美女同学会合，坐上小火车前往悉尼市区。悉尼机场有直接通往小火车站台的地方，前往各个方向的小火车在这里汇集，时间不充裕的话你可以坐上环城小火车，每个景点都会停下来，你买一张票往返，中途上下车都是可以的。假如你不知道该怎么坐车也可以把写好的景点拿给售票员看，她会非常友善地帮你购买合适的车票。不得不说悉尼歌剧院真没有照片上那么漂亮，甚至不如我想象的洁白无瑕。在海边吹了好长时间的风，头发在风中乱成了一个鸟窝。悉尼的城际列车真的非常方便，基本上所有的经典景点都有站，出租车都相对比较贵，不建议普通人尝试，当然土豪除外，同样，我在外面从来不坐拉客的私车，总觉得没有安全感，我可不想变成新闻里失联的留学生。

除此之外，我必须强烈谴责歌剧院广场有一家角落里卖的意大

▲ 乌云下的悉尼歌剧院近景

LAB DEBRIS

BYU

利面，那一坨一坨又一坨，简直是我有生以来吃到过的最难吃的意大利面，要不是最后那颗意大利冰激凌，我一定会直接吐出来的！真是不想给小费，居然能这么难吃，所以如果有人跟我一样长着一个传统的亚洲胃，那还是选择汉堡薯条比较保险一些。当然也可能是我朴素的唯物主义价值观实在接受不了意大利面这种高雅的设定，总之，不建议品尝。

经历了三个小时寻找老板的过程，我终于在前往基督城的登机口见到了这位胡子拉碴、一脸憔悴的美国大叔，激动得给他来了个熊抱，才发现所有人都坐在地板上累得不成人形，每个人脸上都写着："给我张床吧，我要睡死过去！"最后我们三个女生终于在半夜到达了南极前的最后一站——基督城。不得不提一下新西兰航空上的冰激凌真心好吃，有机会朋友们千万不要错过，看来这里的乳制品的确有着不俗的品质。

深夜一点钟，我们顺着机场外一排蓝色的小脚印找到了南极接待处给我们订好的酒店（Sudima，我绝对不是在打广告，不过这家酒店真的不错！），躺在床上的一瞬间，我感到身体各个部件都不是自己的了。新西兰的夏天并不怎么炎热，属于比较凉爽的天气，夜里的空气还夹杂着静谧的初春寒意，我大口大口呼吸着新鲜的氧气，看着不太撩人的夜色，耳边只有行李箱滚来滚去的声音，抬起头却发现是阴天，连月亮都显得模糊。

世界，我来了，不知道明天有什么在等待，但更美好的明天终究会到来。

第四章

奔　赴
南极，像一只无足鸟

传说中，有一种鸟一生只能着陆两次，一次是出生，一次是死亡。这种鸟从起飞开始，就必须不停地在天空中飞行，直到即将死亡的一刻才会重新回到大地上，接受生命最后的瞬间。我并不知道世界上究竟是否真的存在这样一种悲壮的鸟，然而我知道这个世界上有一种鸟是没有翅膀的，一种无法飞行的鸟，也许它也曾梦想过飞翔，也许它也曾羡慕地看着击破长空的其他鸟类，也许它从来都没有甘于平淡，它只是生来如此，却不代表它会认输。我用手摸摸后背，没有所谓隐形的翅膀，只有执着和勇气传来一股静谧的力量。

新西兰的无翼鸟

新西兰，南半球一片富饶而美丽的花园，这里的人们与世无争，这里的空气泛着淡淡的甜，这里跳出了闻名天下的毛利战舞，也拥有令人心驰神往的中土大陆（电影《指环王》的拍摄地）。1769年，库克船长通过三次南行，绘制了新西兰地图，经过澳大利亚的兼并、英国的殖民、内部战争等一系列无独有偶的历史进程，1907年，新西兰从英国的殖民统治中脱离，成为一个独立的国家，首都设在惠灵顿。

这个国家的气候算不上怡人，全年最温暖时也不过十几度而已，有太阳的时候会暖和许多，夏日的夜晚通常还是清凉得很。新西兰主要由两个岛屿组成——南岛和北岛（有没有觉得很直白），其他小岛星罗棋布在南太平洋上，两个主岛之间隔着一条科克海峡，惠灵顿就在北岛的南端，颇有点儿好望角的意思。当年《指环王》在这里取景拍摄，多少人被《双塔奇兵》里面那摄人心魄的动人景色震撼，巍峨苍劲的山脉层峦叠翠，一望无际的平原绵延不绝，适时出现在山涧的瀑布与湖泊，让这片中土大陆成为了一幅中世纪天堂才有的美丽画卷。这里有阿尔卑斯山脉，有火山，有温泉，一切都自带清澈透明的气质，站在山里望着满眼的森林，感觉那位超凡脱俗的精灵公主马上能走到你面前来，飘飘欲仙的感觉呼之欲出。因此，这个国家也成为世界上最适合生活的国家之一。

到了新西兰之后我才知道，西方世界把所有跟新西兰有关的人和物都称为“Kiwi”——鹬鸵。Kiwi，新西兰国鸟，因为总是发出“kiwi”的叫声而闻名，天生没有翅膀不会飞行。研究显示，在古老的新西兰大路上，几乎没有走兽出没，爬行类比如蛇类也不曾踏

▲ 新西兰的蓝天和的绿树

足这片大陆，于是岛上的鸟类完全不需要逃避，不需要害怕天敌的存在，加上陆地上的食物资源更加丰富，这些新西兰鸟类的飞行能力逐渐退化。在人类登陆这片土地之前，这里的大部分本地鸟都是没有翅膀的，因此新西兰也有着“无翼鸟之乡”的称号。要我说，古新西兰大陆更像是一个鸟类的天堂，没有天敌干吗还要飞啊，退化成走地鸡好啦！不幸的是，历史的进程中人类终将登上舞台，于是大部分无翼鸟在几百年间相继灭绝，其中包括15种珍贵的恐鸟，而Kiwi则是新西兰为数不多存活下来的无翼鸟之一。

就像我们的国宝大熊猫一样，Kiwi自然也成为新西兰的国鸟，成为最能代表新西兰的生物。Kiwi身材矮小，羽毛灰褐色，猛一看上去很有点儿企鹅呆萌的神韵，因为无法飞翔，腿部进化得非常强壮，却异常胆小容易受到惊吓，白天躲起来夜间出来觅食活动，我想这大概也是这种鸟存活下来的原因。小心驶得万年船，不管是对人类还是其他生物都是适用的。也因为这种鸟的小心翼翼，它们的自然寿命可以达到30年，跟其他飞行鸟类相比，算是非常长寿了，所以说，以后谁再说生命在于运动可得好好思考思考。

Kiwi跟其他的无翼鸟一样，在古老新西兰大陆得天独厚的宠爱中失去了飞行的能力，却因为天生害羞胆小，在生态发生改变的时候得以逃过一劫。生性懒惰的Kiwi每天可以睡20个小时，跟考拉差不多，很奇怪为什么南半球这两个国家的土地上会生出这么没有自然竞争力的物种来。作为杂食动物的Kiwi食谱相对广泛，不知道营养均衡会不会也是它们长寿的原因呢？

没有天敌，躲避天敌的技能自然就不需要了，多出一双翅膀，每天飞行要消耗许多的能量，这在进化学上是不合理的，于是这些鸟在进化中丢掉了翅膀，肆无忌惮地活在这片天堂，然而当环境中引入了新的变量，它们丢掉的技能却无法立刻恢复，于是只能被灭绝。在自然界，丢掉和获得一个特征都要经过很多代的时间，而自然界的变化却经常突如其来，这种改变甚至不会给生物任何反应的时间，淘汰往往发生在你最安逸的时候，当你没有办法适应这种雷厉风行的变化，等待你的只有灭绝。这简直和我们人类社会一样一样的，所以啊，不要老觉得自己是什么智慧生物很高级，不过是把自然法则拿到我们这个物种内部强化了一下，我们始终都没有脱离原始的本性，低调一点儿才好，就像是Kiwi始终在夜晚悄然觅食一样，活下来才是最重要的。

奥克兰有许多博物馆都有Kiwi鸟的标本，如果你想看到野生的Kiwi鸟可能就需要求助当地的向导，甚至要向当地的政府备案才可以，毕竟这么多年来新西兰政府一直致力于保护国鸟的生存，贸然在野外看Kiwi可能会被警察叔叔抓起来哦。这一点还请要来新西兰旅游的朋友们留个心眼儿，不要破坏了人家当地的规矩。

丢掉了翅膀并不可怕，可怕的是丢掉翅膀的同时也丢掉了戒心。我私下里猜测Kiwi因为长得矮小呆萌，很可能在无翼鸟时代也属于经常被其他鸟类欺负的一个生物，于是它们始终养成了保护自己的好习惯，在别的同类大摇大摆地在陆地上生存的时候，它们藏好了自己的警觉心，始终都保留了对大自然的敬畏和对本能的传承，于是它们安然无恙地活到了现在，还登上了新西兰国鸟的宝座。如今为了保护这种鸟，新西兰政府也下了很大的功夫，这可是他们的“大熊猫”啊，这没有翅膀的Kiwi也算是守得云开见月明了。可即便如此，它们依旧没有改掉夜晚觅食以及害羞胆小的习惯，不像我们的大熊猫，早就变成了人类的乖宝宝，把祖上传下来的技能忘得差不多了。

人也一样，你可以丢掉自己的防备，但永远不要完全失去警戒心，安逸的生活持续得越久，人们的内心就越安详，也就越无法适应变化。就算你放下了手中的剑，也千万不要丢掉了心中的勇气和血性；当你对别人坦诚相待的时候，也不要失去了自己的底线，这不是可悲的狡猾，而是生存的法则。新西兰，一个美丽的地方，这里有着大自然的优胜者Kiwi，有着最能适应的长寿无翼鸟，而这种鸟却远没有你想的那么强大、那么善于战斗，它们只是非常小心和非常害羞，它们只是绝对不甘心去做被大自然淘汰的失败者。

假如鸟没有翅膀，它是否还会幻想飞行？我想会的。哪怕我们人类从来没有拥有过飞行的能力，飞上天空也始终是我们的梦想，有没有翅膀是天生的，而有没有梦想、有没有勇气却是自己可以选择的。你可以选择做Kiwi，小心翼翼地过完长长的一生，也可以选择做一只雄鹰，冲上云霄与天空比个高下，即使会遍体鳞伤甚至丢掉性命，却也不失为一种壮烈吧。选择没有对错，只有值得不值得。Kiwi，Kiwi，你看到我的翅膀了吗？

大地震后的基督城

抵达的新西兰城市叫作基督城，一听名字就是一座有着浓厚的宗教历史的城邦。在没来之前，我对这座城市有过许多猜想，但凡西方有着宗教信仰的城市总会有漂亮的教堂、博物馆、美轮美奂的壁画、善意的人民还有清爽的天气。上网查了一下，除奥克兰和惠灵顿之外，倒是有许多人来基督城旅行玩耍。可当晚我们降落在这座充满宁静安详的城市时，天色已经墨然一片，除了点点路灯还亮着，整座城市都睡着了。40个小时的飞行，让每个人都非常疲累，大概只有我一个人还兴奋地抽动着鼻翼，使劲儿呼吸着这里靠近南极冰凉的空气，其他人都脚步匆匆地想要快点儿抵达住宿的酒店。

基督城作为南岛最大的城市，有着自己独特的气质，Avon河穿城而过，让我想起同样有着河流穿过的武汉和兰州，有水的城市往往都是人杰地灵的宝地，当然我心里更看重武汉也是因为她是热干面和臭豆腐的故乡。我躺在酒店柔软的床上，享受着几天来第一个顺畅舒适的睡眠，却被5点多就亮起的天空打扰了懒洋洋的早晨。拉开窗帘看到外面一片晴空万里，收到了老板的短信，通知我到大厅去开会。

再次和队伍会合的时候每个人都恢复了往日的精神状态，高高兴兴地吃着早点聊着天，想到几天后就可以飞到南极大陆去，作为菜鸟的我内心还是非常激动的，抓住一个前辈好好咨询了一下去南极的各种事情。前辈告诉我做好一个月没有新鲜蔬菜水果的心理准备，还要做好一个月高强度劳动的身体准备，我当下就机智地反应道："那岂不是可以减肥了。"脱口而出的一句话，道出了全世界所有女生的心中所想，这时候组里所有的女生一起抬起头看着我，露出了诡异的笑容，接着每个人都摇着头说："并不会，通常都会吃胖的。"我完全没有做好接受这件事情的心理准备，正疑惑不解的时候，前辈拍了拍我的肩膀，那表情就好像在说："年轻人，你太天真了。"

趁着阳光还在脑袋顶上挂着，老板决定放大家出去溜达溜达，于是一伙儿人不客气地准备坐公交车前往基督城市区，毕竟机场大多处于人迹罕至的郊区，想要进城去还是要费点儿工夫。机场附近就有一个公交站台，上面写着不同的线路，如果不熟悉英文的话，提前在网上查好想去的地点也是非常必要的。进了基督城市区，我发现这座城市远没有想象中的气质浓郁、华丽低调，相反每一幢楼都普通地立在路边，既没有古老城市的厚重，也没有现代化城市的繁华。老板告诉我，基督城原来是非常漂亮的一座城市，但是大地震几乎毁掉了一切，这么多年的修复重建却始终无法使这座城市重拾当年的荣耀。也因为这个原因，我无法目睹这座城邦曾经的风采了，有点儿遗憾。

2010年9月4日，凌晨4点多，新西兰南岛发生了7.4级的大地震，震源正好位于距离基督城以西30公里处的地方，从地表以下33公里处传递出来的地震波使整个城市为之震荡，大自然的力量就是这样强悍，强悍到可以将一座百年历史的城市瞬间击倒。令我震惊的是，这次地震仅仅造成了两人重伤，没有任何人员死亡，对于在国内随便发生个自然灾害就死几十个人的新闻早已习惯，听到这种奇迹感觉真是不可思议。虽然地震后城市中心严重损毁，可却因为新西兰本身有着严格的建筑法规，使得大部分居民住宅都完好无损，加上人口密度相比之下真的是非常小，而且地震发生在凌晨，并非工作时间，大大降低了伤亡风险。因此虽然这次地震给基督城造成了重大的经济损失，但却没有人在此次地震中丧命，也算是不幸中的大幸。

有人会说，看看人家外国就是好，地震都不死人。实际上我在基督城基本上没看到超过三层的居民住宅，这样的楼层加上规范的建筑，抗震效果应该会理想许多。然而在我们的国度，假若所有的楼层都降低到三层，那请问大家要去住哪里？地广人稀的国家可以保留自然资源，可以让人民享受更好的环境，可我们这泱泱大国不但要先养活十几亿的人口，还要面临着越来越严重的城市集中化，就算我们坐拥960万平方公里的土地，可华夏子孙从几千年前传承到现在，庞大的人口基数使我们不得不面临比西方国家更大的生存压力。虽然我们国家的建筑质量已经让人无力吐槽，可不得不承认在具体国情上的差异，使我们不能一味地跟西方国家做横向比较。

看着基督城市中心的一口略带巴洛克风格的钟，我想这座城市在地震中能顽强地存在下来本身已经是一个奇迹，又何必去计较那虚无缥缈的人文气质。2011年2月22日，基督城往南10公里处再次发生地震，而震源只有5公里深，纵横两个维度近距离发生的地震，导致许多地标性的建筑倒塌，这其中包括举世闻名的基督城大教堂。而奇迹也没有再次光临这座城市，因为地震发生在忙碌的下午，导致超过140人死亡，数百人受伤，另有200多人失踪。听着坐在新建教堂前的老人静静地诉说着这座城市的历史，我触摸着不算太新的墙壁，砖石传来一种漠视的冰凉，假如城市有记忆，她是否会记得自己曾经的容貌，是否能听到地震中死去生灵的呼喊，是否会为这里的悲剧哭泣，是否会为人们的勇敢感动？

老人说这些话的时候好像一个旁观者，他没有告诉我们他在大地震中的经历，也没有说起自己的心有余悸和恐惧，他像讲了一个跟自己无关的故事一样平静。说完话的他看着面前的城市露出了一抹微笑，坐成了一幅画，我甚至不知道该不该和他告别，怕一张嘴说话就惊了整个宁静。信仰这种东西好像是无迹可寻、虚无缥缈的，但却能给人内心巨大的能量，这种能量有时候甚至可以超越生与死的界限，可以战胜人类与生俱来的恐惧。但是信仰也会让人盲目，让人变得疯狂，让人分不清楚是与非，甚至做出极其残忍可怕却不自知的事情来。我没有立场和资格去评价任何一个信仰，但我愿意去尊重它们，毕竟它们是人类文明的重要组成部分，而判断一个信仰的好坏，大概就是看它是否导人向善，以及是否让相信它的人获得平安喜乐吧。

大多数宗教城市都会有一个光辉的过去，也会有一段血腥黑暗的历史，正是这样的交错才使得这些城市沉淀出了不同的味道。然而不论这种味道多么源远流长，大自然都能在一瞬间将其付之一炬，最后留下来的不过是老者脑中的一段不怎么清晰的记忆。

地震后的基督城，没有了往日的光彩照人，却仍然有着坚韧和平静，在赋予人类幸福的时候，大自然究竟想要我们明白些什么呢？

小时丑 长大美的奇妙树

昨天大神看我写的文字说：“你都写了这么多了，咋还没进南极呢？”眼神里透露着指责，好像我是一个挂羊头卖狗肉的无良商人。我只是想把我这一路走到南极的事情和感悟都和大家分享一下而已，再说了，故事的高潮也不能这么快就到啊，那样后面该有多疲惫，循序渐进，才能收获最大的快乐，不是吗？就让我我行我素地写下去，大家也可以自由散漫地读起来，这不就是读书的乐趣吗？

在新西兰我们停留了三天，其间整组人马在酒店要了一个小方桌子，开起了进入南极之前的组会，总的来说就是大家各自介绍一下自己的项目，重点则是老板告诉所有人在南极待人接物的总原则——尊重，以及做事情的总原则——不懂就问。南极科考站是一个非常环保的地方，所有的事情包括吃喝拉撒都有着严格的规范制度，当你不明所以的时候一定不要害怕提问，没有人会因为你提了简单的问题而觉得你头脑简单，但假如你做出了愚蠢的事情则会受到大家的指责，甚至会影响整个科考组的声誉。名声在不大的南极科考站是一件非常重要的事情，听老板的意思，我们组一直都有着高效礼貌干净的好名誉，于是不允许任何学生出于任何理由予以玷污，这样听起来美国人也是很要面子的嘛。

会议持续了一个小时左右，坐在下午两三点的阳光里，怎么看都像是一群来度假的人。美军的空军基地就在酒店附近，远远传来他们试运行飞机引擎的声音，轰隆隆的，震耳欲聋，发动机的旋转好像很快就能把我们带到南极去。我虽不能代表全部中国留学生，但是我相信一定有人跟我一样，英文听久了就会跑神儿，只能看到老板的嘴巴一张一合，一个单词也进不到耳朵里了，加上引擎的声音，我的心早就飞到九霄云外了，脑子里浮现出一幅幅在南极的画面，三心二意这个成语用在这里是不是还挺合适？

基督城有一种奇怪的树，这是我在吃饭的路上看到的，本以为是一些栽种没有成活的树，却不想所有的路边的小树都是这样一副半死不活的样子。纤细棕褐色的树干，上面垂着的枝条排列成伞状，就这么耷拉着，叶子锯齿一样地附着在毫无生气的枝条上，本应该鲜翠的绿色也好像包着一层灰色的膜，看着就让人打不起精神。我还奇怪，这个城市什么癖好，喜欢在路边绿化带种上这种这么沮丧的植物？老板看我一直盯着路边的树看，就开始跟我解释说，这种树非常神奇，小时候就长得这样一副死样子（他用了比较委婉的说法，但实际上想表达的就是这个意思），可是越长树枝就渐渐被举了起来，直到后来变成茂密苍劲的参天大树。说完他指着另一方向茂密的大树让我看，说那就是这种树的成年态。

顺着他的手指看过去，一棵一棵挺拔的笔直笔直的绿树就这么闯进了我的眼睛，虽然不算太高，可是因为站得笔直竟然有一种直达天空的魄力，每一根树枝都蓬勃地向上长着，开成怒放的姿态，完全看不到柔弱和沮丧。原来这种小树的成年体竟然如此大气、如此健壮，还当真是树不可貌相啊！

忽然就想到了我小时候听过的著名的故事《丑小鸭》，在我心里，丑小鸭的故事其实并不是说一只鸭子长得很丑，经过努力终于长大成为了天鹅，而是说天鹅小时候其实长得很丑，但是长大了之后却有着傲人之姿，所以不要纠结于你曾经不太美好的过去，只要你守住自己的内心和执着，总有一天每个人都会变成自己最娇艳最值得骄傲的样子，冲上蓝天成为别人艳羡的对象。我也是一只丑小鸭，一个曾经挣扎在及格线上的天真学生，一个曾经为了高考失利而不知所措的少年，一个曾经站在人生的十字路口不断彷徨的旅者。而如今的我早就褪去了自己那些过去的愚蠢

▲ 半死不活的树

和幼稚，虽然还差得很远，但至少我明白自己依旧在选择的道路上前进，很辛苦、很孤独，也时而会沮丧，可至今仍没有放弃。我是一只丑小鸭，我不知道自己究竟能不能成为童话里承诺的天鹅，但我确定的是至少我能变成一只足够强壮的无敌飞天鸭，哈哈，我这不是正在通向梦想的路上一骑绝尘嘛。

说到基督城那半死不活的树，本着科学家探究的精神，我特意去问了老板那树的名字却没有记下来，英文记忆力真是要命，希望有一天再去的时候能够真的认识你吧，奇妙的小树。

假如有一天你也有机会来到地球南边的这座美丽城市，一定要去看看Avon河畔的植物园，这里的植物和这座城市一样透着一股安详坚定的气质；假如有一天你也有机会周游世界，一定要走过那些曾经只在你梦里出现的地方，让自己的足迹跟上自己的梦想；假如有一天你也有机会成为一只天鹅，千万不要放弃，哪怕路上荆棘漫漫，哪怕前方困难重重，当你破开云雾的那一天，就会知道自己付出的一切都是值得的，至少对于自己都是值得的。

回到酒店之前，我特地去看了这棵“半死不活”的树，和它握了握手，告诉它我的名字，告诉它我的前方还有许多的奇迹与美好。就这样，找一棵树，告诉它你的名字，告诉它你的故事，是不是也是件浪漫的事呢？

新西兰的最后一夜

夏天的新西兰日照时间也相对长，万里无云的天气加上机场附近的建筑物都不高，让我们所处的位置非常适合观看整个日落的过程。阳台上放着两把椅子和一个茶几，静静地等待着闲适的人们。温度随着阳光渐渐斜去慢慢降低，我端着一杯饮料走在路上，望着南极的方向，天边一片模糊看不到边界，我踮起脚尖却始终无法看到地平线的尽头，这是一种怎样广阔的景色，这是一种怎样的期待。

路上的行人都会友好地打招呼，风时不时地经过提醒着你这个不算温暖的夏天即将发生的一切，找了一张凳子坐在了小广场上，看着人们不紧不慢地走来走去，忽然就想到了大城市每个人穿梭不停的样子。为什么我

们要如此忙碌，疲于奔命？为什么我们这些年轻人削尖了脑袋要往大城市里钻？为什么我们大学本科毕业之后那么难找到一份满意的工作？太多太多的问题禁锢着我们本该自由的思想，当你连下一餐饭去哪里吃都不知道的时候，你哪里还有时间顾得上灵魂是否已经满足。

新西兰是全世界幸福指数比较高的一个国家，和北欧一样，这里的社会保险制度非常完善，这里的环境指数也相当高，生活节奏缓慢却幸福，这使得很多年轻人远走他乡去寻找那份属于年少轻狂的不安分。我静静地看着路边两个在树下玩耍的小孩子，心里想着假若在国内，家长一定不会放心让孩子自己就这么蹲在这儿玩耍吧。越来越发达的信息让很多事情都成了公开的秘密，比如越来越多的新闻报道女大学生失联，越来越多的网页写着失踪被拐的儿童，比如越来越多的网友站在道德的制高点上去捍卫所谓的正义和公平。

对于我自己的国家，很多事实无可辩驳，但不能否认的是这个社会在一点一点地前进，阳光下罪恶再难遁形，当我们人性中的软弱被除尽，当我们灵魂中的奴性被剔除，当我们终于明白千年前圣贤教我们的做人道理，一切都会好起来，虽然这个过程需要很久很久很久。我走过的每一个国家都有着自己的故事、自己的历史，或许光荣或许悲壮，或许残忍或许肮脏。对于自己的国家和民族，我从来都不惧怕正视那些不堪回首的过去，但也从来都不接受肆意的篡改和污蔑。还记得在大庭广众之下，我的台湾室友告诉大家她不是中国人的时候，我平生第一次感受到心底的愤怒，你说着和我们一样的语言、流着同样的血液，却因为某些原因说着这样同室操戈的话。当所有人看向我的时候，我压抑自己内心的愤怒只是平淡地说了一句："台湾始终是中国不可分割的一部分。"好吧，我承认，我也是个狭隘的爱国主义者，可那又怎么样，我的文化背景、我的教育传统给我的一切，不论走了多远怎能丢掉？

Avon河在基督城中流淌着，就这样已经好几个世纪了吧，它是不是见证了比人类更多的东西呢？看到一个小孩子准备把手中刚买来的金鱼丢进河里去，他的父亲阻止了他，拉着他轻言了几句，我听不到他们说了些什么，只是心里感到欣慰。听闻最近很流行放生，就是从菜市场买来活物放生到野外，每次看到这种新闻我都觉得无言以对。大自然的系统总在维持一个稳定巧妙的平衡，这种平衡是通过上千年、上万年形成的，这条河里有多少种物种，有多少种鱼，有多少猎食者都是平衡的，当人类肆意把不知道什么物种的鱼类投放到他们认为合适的栖息地，丝毫不知道他们的这种所谓"善行"将给这条河流的生态系统带来怎样毁灭性的打击。就像英国人往澳大利亚引入了兔子，导致整个澳大利亚的草原生态遭到了灭顶之灾一样，人类最喜欢自以为是地做一些"好"事，然后沾沾自喜地站在善意的一方，看着眼前平静欢愉的河水，却从不思考这平静下蕴含着的杀机和残忍。

食物链、生态平衡、生物入侵，这些词汇对于很多人来说很远，可是却始终和我们的生活联系在一起。自以为是地做好事有时候比肆意破坏还要可恶，因为当你想要去纠正这些“好”事的时候，要顶着更大的风险，冒着被所有人反对质疑甚至诋毁的危险。人类啊，真是傻得可以。看看国内大部分淡水湖里漂着的满满一层水葫芦，看着漫山遍野的加拿大一枝黄花，看看美国和澳大利亚泛滥的黄河鲤鱼，难道就不能吸取一些教训，少做一些让大自然都觉得可笑的事情吗？

往回走的时候，天边的云彩已经烧成了橘红色，和暖地反射着太阳最后的光明，夺目的残阳昭示着黑夜即将来临，也昭示着又一个24小时即将过去。沉寂的天空中只有如血的云朵挂在边上，仰望看去，整个眼睛都被染得一片温暖。我没有停下脚步就径直走回了酒店，一切都要从明天开始，一切却又早就开始，我很期待明天，因为我相信，明天不一定更美好，但是更美好的明天一定会到来！

在新西兰的最后一夜过得极具平静，房间在酒店的一楼，却一点儿都不吵闹。夜色拉下帷幕之后，整个世界都静悄悄的，我独自一个人坐在床上，看着电视里各种不熟悉的画面，听着带有与美式英语不同口音的台词，又一次感到了这个世界的陌生。这是一场一个人的旅行、一场一个人的战斗，没有敌人，只有我自己，我挑战的是自己的人生、自己的耐性以及自己的梦想。

这一小节怎么变得这么意识流？大概是因为思想太快，文字已经跟不上了吧。

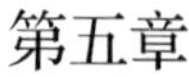

第五章

以登月
的心情登陆南极

站姿挺拔的美国大兵，丛林般诡秘的迷彩服，加上各种繁文缛节的神秘动作，我们的南极之行就要正式起飞了。那片令我心驰神往好几个月的白色大陆就在不远处的8个小时后向我招手。穿着厚重的装备，坐在培训教室里，看着屏幕上各种逃生和环保的注意事项，顿时有一种马上要登月的感觉。这是老板第13次来到这里，不晓得他的心里还会不会有一丝丝的小激动，反正对于我而言，一切都是新鲜的，一切都是值得去激动、去期盼的，甚至包括那传说中难吃到无以复加的食物。

▲ 登顶小分队

轰隆隆的大引擎

还记得我说昨天开会的时候，隔壁美国空军基地的引擎轰鸣响彻云霄吗？老板说他们这是为了提前试试引擎，因为飞机年事已高，经常会出现各种莫名的问题。我们收到通知，明天早上8点钟抵达南极项目登机处办理各种手续，与此同时要换上ECW装备准备登机。所谓ECW，Extreme Cold Weather(极低温装备)，据说是为了防止飞行过程中遇到状况在冰上迫降，因此要求每个人都身着能够在极地生存的装备坐在飞机上。在已经是夏天的新西兰穿着这么一身衣服可真不是什么好玩儿的事情，太厚重就不说了，被人看到的话就好像一只只硕大的红色怪物，好在我们把所有的装备留在了南极登机处，所以不至于穿成这样招摇过市。

去南极的旅行团大部分都是趁着南极的夏天出发，也就是12月份到2月份，这也是南极万物复苏的季节，这时候靠近南极大陆能看到企鹅成群结队地站在海岸边，能看到虎鲸妈妈带着虎鲸宝宝出来猎食，在海里一会儿探出个脑袋，一会儿喷一口水注，深蓝色的海洋衬着南极白得发亮的夏天，绝对是独一无二的景致。没有黑夜的季节里，南极的美丽就像是凝固了一样，有着24小时都不同的气质和美好。假如有机会，一定要亲自坐着游轮在南极看一眼，哪怕一眼，就一定忘不掉了。

南极登记处有一个很重要的部门——CDC（Clothing Distribution Center），就是服装分发处，我们到基督城的第二天就到CDC报到了，在这里我们要交出自己的电脑进行扫描，南极科考站的网络系统极其脆弱，假如你带进去一两个病毒那真是大大的不妙了；除此之外还要领取自己的南极装备，试穿、调换都将在这里完成。我还记得那天我的疲劳还没有缓解，顶着一个不太清醒的大脑开始应付新的问题，以至于差点儿走错了更衣室。大脑无法正常工作的时候听鸟语简直是一种奇妙的体验，我觉得整个世界都充满了各种符号，每一个字符听进去，每一个发音吐出来，都好像跟我的大脑并没有什么关系，哎，生活真辛苦……

起飞的当天早晨，我们约定7点半在酒店大厅等，这样就能保证我们组所有人一起抵达空军基地。等待的时候自然是要聊天，以后谁要告诉你美国社会人人平等，你就替我向他投去无与伦比的鄙视。当大老板以一种极其帅气的姿势坐在那儿时，我们这些学生都站在周围，而大老板周围的所有椅子和沙发全部都是空着的，没有一个学生坐下，一坐数站的画面毫无违和感，怎么看都不像是没有级别、没有高低的意思。

▲ 美丽的大老板

大老板脸上露出奇妙的笑容，所有人都告诉我，这位清瘦冷艳的老太太就是我们重点要取悦的对象，这是她第26次来到南极，作为整个土壤组的大老板，她显然喜欢这种众星捧月的感觉。这个可能有着英国血统的老太太，女皇般环顾四周，却似乎发现了她不喜欢的东西，只见她忽然嘴角上翘，眉眼露出即将不愉悦的表情，所有人都打住正在进行的话题，重新选择另一个能够令女王高兴起来的话题。所以我说什么来着，做人真辛苦，想来我家的宠物狗会坐下握个手都引得全家一片赞赏，你居然还天真地以为这个世界有绝对的公平？

酒店距离南极科考中心只有5分钟的距离，我们这群人是今天开拔的第一个队伍，填了两张表格，测了体温，大概是因为最近某种感冒病毒肆虐的关系，新西兰不太敢把人乱往南极送，万一出了事儿，他们可担不起责任。把电脑放下之后，一个一个大红衣服开始观看安全DVD，鉴于我第一次看，特意挑了一个第二排的位置坐，心想新人就要有个新人的态度嘛，没想到大老板一进来就愉快地坐在了我的身边，我清楚地感觉到自己的身体呈45度向远离大老板的方向倾斜了几个厘米的位移。

这时候我稍微总结了一下，当老板坐在你身边，立即换位置是自然不可能的，首先好好思考一下是不是自己坐错了位置，看着已经留出来的第一排位置，我觉得也许老板们也不喜欢孤独，或者说你觉得绝佳的位置，老板也喜欢。假如老板出现在你身边，千万别紧张，因为紧张也没用，还不如认真专注并且时时刻刻观察老板脸色，做自己该做的事情。

我的另一边坐了一个漂亮的女生，来了新西兰之后才发现南极科考队不乏清爽的美女，跟我想象中的极地科学家完全不是一个样子，她们有着精致的妆容、时尚得体的穿着，巧妙俏皮的发型，俨然一副妙龄小少女的清新感，而细聊下去却发现她们都是令人尊重的科学家。我旁边的姑娘看起来心不在焉的无聊样子，她告诉我她也是第一次来，于是我们惺惺相惜地相视一笑，但是直到抵达南极大陆我还是没有记住她的名字，英文名字真的不好记住，尤其是姓。

马上就要去科考站了，老板向我提出了最后的要求：不要做愚蠢的事情，不要说愚蠢的话。在他相当严肃的态度下我自然也立刻点了点头表示同意，实际上我并不理解如何定义愚蠢，私下里想着假如真的有状况发生索性就假装自己完全不懂英文算了！

为了严格控制飞行重量，每个人登机之前都必须测量自己带上飞机的所有装备的重量，任何尖锐的物品都不能带上飞机。如果你需要乘坐这种大型的运输机或者直升机一定记得不要带着尖锐物品，由于颠簸会比较严重，这些东西都可能会在紧急情况下伤到自己和别人，假如你身上真的有，可以交给乘务员保管，下飞机的时候再要回来就可以了。坐着基地的大巴车前往登机坪，我整个人缩在了大大的外套里，坐在不算太宽的座位上感觉自己完全是卡在里面的，也不知道那些拥有傲人庞大身材的美国人是怎么把自己塞进这个位置里的。没几分钟鱼鹰号运输机就出现在了我的面前，引擎依旧轰鸣，让人感觉整个空气都是震动的。

走向飞机的时候老板端着学校发给他的GoPro（摄影机）打算记录每个人登机时的表情，看到我的时候他调皮地挑了挑眉毛，问我是不是很兴奋啊，我笑着表示我现在比较紧张，一想到接下来要在这个大家伙里待上8个小时我就头疼，要知道这引擎的轰鸣声会持续8个小时，这种嘈杂就相当于你抱着一个电钻睡觉，无法入眠，也无法清醒，大脑会在巨大的声响中慢慢麻木疲劳，最后变成烦躁，然而这种烦躁终究也无处可去，只能被自己悉数吸收和消化掉。

啊，多么令人期待的飞行，多么令人烦躁的大引擎，多么令人绝望的兴奋，人生啊，真是莫名的奇妙呢。

没有跑道的机场

新西兰的天气算得上是真正的清爽，太阳当空却也感觉不到焦躁的灼热，难怪那么多人移民过来养老，这里的确是一块风水宝地。起飞去南极的当天是个好天气，晴空微风，我穿着大红色的棉袄站在阳光下，显得跟整个季节格格不入，时不时吹来的风稍微带走了一些身上的燥热和紧张，看着周围忙碌的大兵和轻松闲聊的科学家，忽然有一种正在拍摄科幻电影的错觉，我使劲儿蹦了一下把总是往下滑去的大衣颠回到正确的位置，挎着一只行动不便的背包静静地待着，时不时应付前来攀谈的各色人等。

站在登机坪的瞬间感觉到哪里好像有点儿不对劲儿，找了半天也没发

◀我的南极大红棉袄

现究竟是哪里不对。前面的大兵抬过来两箱东西放在距离飞机很近的地上，我好奇地踮起脚往前瞅了瞅，好像是食物和水。面前的这架运输机样子比普通客机要笨重很多，军绿色的外衣看起来透着一种很不一样的英气，听说这架飞机已经很高龄了，里面也没有什么座椅和小餐桌，更不会有空姐为我们服务。吃的喝的自己上飞机前拿好，想什么时候吃就什么时候吃，这就开始了生活自理的科考，不过倒也方便。旅行团坐着游轮途经智利，买了票上去就吃喝玩乐一应俱全，特别适合想要度假的全家人，男女老幼众口难调，游轮上所有的东西基本上都可以满足大家。累了回房间睡觉，醒了到甲板上的游泳池游泳晒太阳，无聊了盯着海里看虎鲸和海豚，饿了走进餐厅大快朵颐，各种海鲜一应俱全，要说也是很划算的。

我不徐不疾地排着队往前走，看着前面每个人都伸手到箱子里拿出一份用牛皮纸袋装好的午餐和一瓶矿泉水，心想着大家还都挺守秩序，没有人拿两份午餐，这统一的定量万一高大的老美吃不饱怎么办？午餐拿到手里我才知道为什么一份就足够了，里面光三明治就有四小只，还有苹果、巧克力等零食若干，小小的一个牛皮纸袋居然能装下这么多的东西，这卡路里差不多也超过两千，一天的热量足够了，何况我们只不过是被困在机舱里，也不会有什么大幅度的体力消耗。抓上矿泉水，迈开小短腿，我略显吃力地登上飞机，当然还是要装出绰绰有余的轻松姿态，毕竟站在机舱门口的大兵完全没有要拉我一把的意思。

机舱里完全不像是平常飞机的样子，一上去先看到堆积如山的行李码在机舱的中间，靠在两边和中间的位置低低地摆着跟小马扎一样的一排座位，背后的网兜上挂着安全带，人挨人地坐下，把自己捆在狭小的空间里特别困难，更别提我们都穿着臃肿的红色大棉袄了，能想起的最近一次感受这种局促大概还是大学军训的时候。把自己绑好之后开始安置行李和手中的食物，总要把它们放在唾手可得的位置，不然要吃的时候够半天拿不到就太尴尬了。一双几斤重的雪鞋把本该身手矫捷的我拖得笨重得像一只狗熊，好不容易坐下就想到要保持这样的状态近8个小时，赶紧掏出午餐袋里的巧克力压压惊。

我这个人睡眠质量还是可以的，尤其是抗噪能力，多年在外生活，与各种人做室友练就了我一身自立“结界”的能力，把耳塞塞进耳朵里，吃完巧克力我就准备开睡。飞机轰隆轰隆的声音越来越响，坐在那里感觉到的振动也越发强烈，我忽然就意识到我刚才觉得哪里不对劲儿了——跑道在哪里？往常坐飞机我总能在登机坪看到长长的带着各种信号灯的跑道，可是我刚才进来的时候只看到四四方方的一个小广场，并没有什么长长的跑道啊，难道这种运输机还具有直升机的起飞模式？后来我才知道，这种军用飞机确实有直升的螺旋桨，为的就是缩短滑行的距离，想来这种能力在战争时期也是很有用的，毕竟战时可不能期待有完整的平坦的长跑道吧。

没有跑道，是不是就不能起飞呢？很多年前看电影《珍珠港》的时候有这么一个桥段，电影非常隐晦地提到了原子弹轰炸日本广岛的情节。1941年12月，日本在一个美好的礼拜天偷袭了珍珠港，把罗斯福老爷子给气得从轮椅上站了起来，发表了“耻辱宣言”的罗老爷子对日宣战，正式加入第二次世界大战。1945年美国把一颗毁灭性的炸弹丢到了日本广岛，造成十几万居民丧生，整个城市覆灭，一个小时之后美国政府宣布，这种武器叫作原子弹，这是人类历史上第一次核武器打击，接下来的第二颗原子弹落在了长崎，在精疲力竭腹背受敌的情况下，日本终于宣布无条件投降。

当年这段轰炸的历史是美国很少谈起的内容，所以电影也非常含蓄地描述了这段历史。里面的飞行员被选拔、被告知要参与一项可以受勋但却没命享用的战斗计划，其中最重要的就是在有限的跑道长度下起飞。影片里他们一遍一遍地尝试起飞，一遍一遍地失败，最后成功地从军舰的甲板上起飞完成了对日本的毁灭性打击。这一直是这部电影里我很喜欢的一个部分，挑战不可能，不论成功与否都值得喝彩。我喜欢电影里关于突破、关于白日做梦、关于完成不可能这种情节，总能让人感到热血沸腾，感同身受地想要打破身边的某些规矩和极限，达到一个新的高度，哪怕头破血流，哪怕没有能够安全返航的汽油和力气也在所不惜。

飞机还在不停地轰轰乱响，我打开音乐却只能听到耳机里传来的鼓点儿，完全没有旋律和歌词，脚下面传来的震动让我整个腿都开始渐渐麻木，我把自己的胳膊从大衣中拿了出来，让自己喘口气。所有人的行李都捆在机舱的中间，一直往后延伸到飞机的尾巴部分，行李的末尾往上看有一块白色的小帘子，很像是街边小店的简易试衣间，这个神奇的所在一定就是飞机上的厕所。老板坐在我对面，长长的两条腿往前伸着，大衣被他塞进了背后的网眼儿里，看到我瞄来瞄去，他对我笑了笑做了个鬼脸，大概以为我在紧张所以安慰我一下吧，实际上我的确很想知道坐这样的飞机起飞是什么感觉。

没有跑道的起飞，没有跑道的降落，英姿飒爽的鱼鹰承载着几十名科研人员即将在南极洲降落，不知道它会不会感到骄傲，不知道它报废了之后会去向哪里，也不知道它会不会记得曾经有一个来自东方的女孩儿坐在机舱里，惴惴不安地等待着它的飞行，期待着它的跋涉带她开启一场新的挑战。

当骑士换上了另一身行头，他的勇气大概也是不会改变的。我们这些科考人员被装进这大大的鱼鹰里面，把生命都交给它，忽然感觉它责任重大，因为南极科研领域的一半科学家都在这架飞机上了。我用脚踹了一下面前橘红色的一团，让自己的腿能尽量伸得舒服些，才想起来里面装了我自己的电脑，赶紧心疼地拍了拍那团橘红，以表安慰。

根据规定，我们所有的随身行李必须装在官方发的橘红色包包中，而托运的行李交给登机处的人之后也就再也见不到了，我的意思是抵达南极之前是见不到了。除此之外，他们还提供另外一只橘红色的袋子来装你的杂物，同样要托运。但假如飞机真的

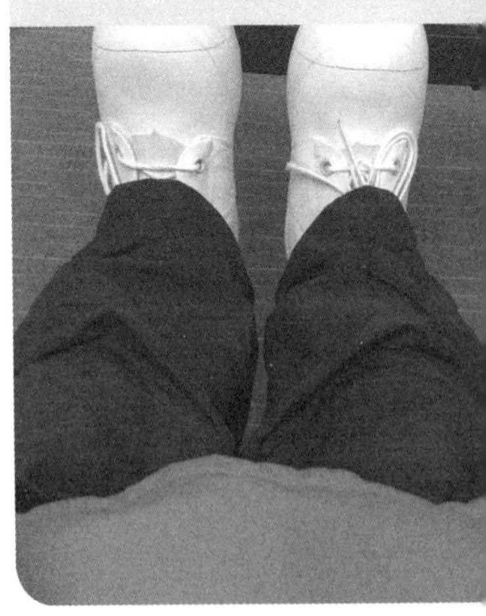

在冰上飞行过程中迫降，这只袋子可以允许你带下飞机，就是说让你把自己必需的物品放在里面，以备不时之需。

我把自己的军绿色双肩书包塞进橘红色的袋子里，因为方向不对（橘红色袋子是横向的行李袋，而双肩书包是竖着的），于是书包只能可怜兮兮地倒在里面，我特意把装有保温杯的那一边朝上，方便自己在飞行中随时有热水可以喝。出门旅行，一只防水结实的双肩包是神器一样的存在，不要在乎外观，只要可靠就行了。对于现在越来越流行的背包旅行，一只好的背包可以帮你装更多的必需品，背带上聪明的设计让你更省力气。我很推荐那些世界知名的运动户外品牌，像这只跟了我七八年的小绿书包就依然坚挺，很不错的哦。所以如果你的人生里也有说走就走的旅行，一定要有一只这样的包包哦。

喝热水，这是许多中国人的习惯，然而出门在外许多国家都无法满足我们这个要求。比如美国人就没有这个习惯，他们一年四季都在喝冰水，就连女生的“亲戚”来串门子的时候也是大块大块的冰块漂浮在水杯里，让我不得不佩服这牲口一样的体质与彪悍的生活习惯。作为一个传统的东方人，自然要给自己准备好热水，所以保温杯几乎成了留学生人手一只的物品，想来我的书包和保温杯还都陪我周游了大半个地球呢，果然是一人得道，鸡犬升天啊。

橘红色的袋子一部分被集中到机舱的后面，那是一只为了方便

▲ 运输机的机舱里

▲ 运送科学家咯

迫降时全部带走的硕大笼子，剩下的橘红色则安置在每个人的身边、脚下、头上，总之是跟着自己的主人，静静地趴在机舱里属于它们的小空间里。我好奇地问前辈，为什么要用橘红色呢？前辈说因为这个颜色容易发现，不会轻易把谁的行李落在飞机上，尤其是迫降的时候，少了一个人的生活必需品，有时候可是会要命的。前辈还告诉我，你看美国监狱里的犯人也穿橘红色，就是为了容易看到他们，哪怕是他们往野外越狱，也能一枪击毙。我听了觉得好有道理，赶紧思考我们国家的犯人穿什么颜色的衣服，可却脑补到了十字路口的交通协管上，真是惭愧。

话说我在飞机上听着耳机里的鼓点感觉上都已经过去了一个世纪，可是飞机好像还是没有任何要起飞的迹象。正在我左右乱看的时候，飞机忽然就安静了下来，不明所以的我一头雾水，就听到机舱里传来各种叹气和斯文的“咒骂”声，对面的老板已经自顾自地解开了安全带站了起来，脸上挂着“我就知道”的表情。紧接着一个大兵走到机舱来说了几句话，我才发现自己耳机里的音乐真是震耳欲聋，赶紧把耳机拽出来，可是人已经说完走掉了，我也只能跟着大家一起站起来，拿上包袱开始下飞机，我就纳了闷儿了，去个南极怎么就这么多舛呢？

下飞机的时候我走在靠后的位置，走到机舱门口刚好看到壮观的一幕：所有人都穿着红色的大棉袄，挎着橘红色的包包，脚上的雪鞋沉甸甸的好像能在地上踏出个坑来，远处停着刚才送我们来的大巴车。三步并作两步跳下飞机，才听他们说飞机引擎不行，所以要换另一架飞机。因为还要把行李重新装卸，所以我们只能先到基地去稍作休息，至于休息多久就要看造化了。老白跟我说，有一回他们等了大半天，最后只能先回酒店，第二天再飞，这都是常有的事情。我惊讶于这架看起来无比彪悍的大飞机居然这么脆弱，也惊讶于这趟旅途的折腾。糊里糊涂地被他们拉到基地的休息厅，发现里面居然有桌上游戏、电视，还有啤酒供应，看样子在任何时候，美国人这潇洒享受的本性都是不会改变的。

脱下我的“大红”（外套）、棉裤和鞋子，放下“大橘”（背包），我瘫在凳子上什么都不想做，眼睛瞄到电视里正在播放着一档不算很有名的脱口秀节目，同组的姑娘走过来招呼我去玩儿桌上足球，我朝她摆摆手，一大早就起来折腾到现在我就想这么躺着，让我一个人静静地在这儿待一会儿。大脑在刚才一个多小时里都没有正常工作，尤其是被飞机引擎的轰鸣声又蹂躏了半个小时，我掏出本来应该在飞机上才吃的午餐，慢悠悠地准备把里面的小零食全部消灭掉。

橘红色的袋子在大厅里趴了一地，每个人都在做着自己想做的事情，老白和大老板站在一边活动着四肢。一屋子来自世界各地的科学家齐聚一堂等待着下一次飞行的时刻，大家脸上轻松的表情让我相信这种事情的发生已经不是一次两次了，可对于我这么一个菜鸟来说还是很刺激。本来就激动，这样一来南极变得更加神秘了，甚至本来让我很纠结的8个小时飞行都成了一件值得期待的事情。我掏出苹果啃了起来，刚好同组的一个博士后走过来笑着对我说："好好享受你未来一个多月中最后一个新鲜水果吧。"说完还"不怀好意"地朝我挤了挤眼睛，那口苹果就这么卡在嘴里下不去了，说得这么悲壮难道是要我现在把苹果想个办法存放起来吗？做个科学家真是不容易。

小时候我特别想做一个冒险家，大一点儿了想做一个旅行家，后来又想做一个战地记者，骨子里就不是什么安静的人，也扮演不了温顺的角色。抚摸着"大红"上面贴着的自己的名字，深深地感觉到自己的梦在一步一步实现，终究是一派很幸福的感觉。上大学的时候，班花问我有什么梦想，我告诉她我最近的梦想就是想去世界的尽头看看，比如南极，比如北极。如今我距离南极仅有一步之遥。我不记得当时班花的梦想是什么，可我还记得她脸上并不怎么相信的表情，令我感动的是，尽管她并不相信却没有嘲笑我的不切实际。

休息厅没多大，里面的设备也并不繁多，正当大家玩得差不多倦怠的时候，那边通知我们又可以登机了，于是散漫半天的人群又一次躁动起来，穿衣服，收拾挎包，把刚才没喝完的最后一口啤酒仰头干掉，稍事休息之后人们又一次整装待发。当然我期待的再发一次午饭的事情并没有发生。跟刚才一样把自己捆在了机舱里，感受到飞机又一次开始了好像没有尽头的震动，不同的是，在震动了20分钟之后我感觉自己缓慢地升空了，小心地往对面的窗外看了一眼，蓝天和白云已经飞在身畔，脸上不由自主地扯出一抹笑容。

我就是冒险家，是科学家，是旅行家，我就是我，追逐任性的傻子。南极，我真的来了，这次是真的来了！

我的背包，我的全部

关于到南极旅行的事情，有一点一定要注意，就是要听从领队的安排，不同于世界其他地方，南极旅行是具有一定危险性的。久居内陆的我们并不明白这些潜在的危险，比如飞机故障，比如游轮撞山，等等，有些事情一旦发生那就有丢掉性命的危险。飞机无法起飞，领队要求大家下飞机等待，不要抱怨不要吵架，耐心等待都是为了你自己的安全，难道要飞机强行起飞然后在空中解体？那时候你想抱怨恐怕也不可能了吧。在游轮上也有各种规定，上船之前要仔细阅读游轮须知，并且检查甲板上的救生艇都在什么地方、救生圈有多少个等等，很多事情你小心一分，有时候真的是可以救你一命的。不要抱着侥

幸心理把自己的命交给运气，老天爷可不是每天都开着灯照着你的哦。

我的音乐设备里有一些常年都不更换的歌曲，比如陈奕迅的《你的背包》《明年今日》和《将进酒》，不知道有多少人和我一样总是纠结于该换什么新的歌曲，以及这些当初大海拾珠一样淘来的歌曲该不该删除，于是我的音乐设备买了又买，网盘和移动硬盘最后也塞得满满的。心理学上说，不愿意摆脱旧的东西归咎于人类没有安全感的本能，以及对于忘却的恐惧。那些在耳机里的歌曲都是一些当时最能表现自己心情的，也是自己最喜欢的，尽管时过境迁，看到那些名字还是能隐隐感觉到那时候隐隐的情愫。

运输机的引擎并没有因为飞机升空而减缓，我的耳朵里传来的依旧是《你的背包》，“你的背包，背到现在还没烂”，我曾经戏谑地说这句歌词感觉好像是盼着背包烂掉的感觉，可后来想想背包就像是自己的曾经，一直背在身上，越来越旧，破掉烂掉，遗漏掉某些我们过去认为何其重要的记忆，最终完全看不出过去的样子，打开背包，却发现以往那些熟悉的种种都已经烟消云散了。

午餐袋里只剩下看上去很难吃的三明治，我依旧缩在“大红”里面，只露出两只眼睛看着灰褐色的机舱，小小的舷窗外静默的蓝色令人向往。耳机里只剩下的鼓点也听不太出来是哪首歌，不过还是使劲儿听出了那句我最喜欢的台词，低下头看了看我自己的军绿色小书包，这只陪着我走南闯北的背包也跟着我来了南极，每次出去玩耍都不愿意背它，因为样子看起来有些普通，户外装备都是这种灰绿灰绿的色调，看起来像是部队的迷彩服。所以但凡是逛街啊、旅行啊都喜欢换上另一只调皮可爱的双肩书包。相反的，只要是去爬山、跋涉，以及这种长途的出差，差事就会落到这只“小绿”的头上，因为负荷能力强、容量大、结实而且背起来更符合人体工学等等，都让“实用”为主要目的的行程颇为需要它。

满机舱的科学家已经坐得有些麻木倦怠，时不时有人站起来各种走动、各种拉伸，为了8个小时不至于疯掉，老板也起来拿着摄像机开始拍摄我们每个人在机舱里干什么。我抱着小说看得正欢，平日里总是抱怨没时间看的书这种时候看最合适了，音乐听不清楚，也没有人聊天，阅读变成了最好的消遣。

机舱有些拥挤，每个人想要挪到后面去都要从别人身上跳来跳去，有个姑娘身手不佳，跳的时候滑了一下刚好踩到我放在地上的橘红色背包，我仿佛听到“小绿”的哀号，在姑娘频频道歉中，我也只能摆摆手。为了避免她尴尬，特意等她跳过去赶紧拉出“小绿”来好好检查，才发现书包的底角都磨损破了。记得当年“小绿”也是一只英姿飒爽、风流倜傥的户外小包包，还是我从爸爸那里抢来的，如今它躺在地上像一位风烛残年的老人，忽然就变得伤感了起来。当然我伤感还有一个原因，是因为“小绿”被踩一脚倒是还好，可是我的电脑还在书包里，被踩一脚谁知道会出现什么问题，要是没了电脑，未来的一个多月我可不就成了失联人士，那我不得寂寞死。

所幸的是打开电脑发现它并没有什么故障，只不过好像也因为舟车劳顿，样子看起来灰头土脸的，从电脑屏幕的倒影中我也看到自己同样的灰色，赶紧动手整理了一下头发，总不能太不要形象吧，万一待会儿下飞机有前方记者来采访我们这些极地科学家呢？正所谓，头可断发型不可乱，大神说过，女人，要对得起每一次出门，哪怕是下楼倒垃圾，也一定要隆重装扮。

下面我要着重描述一下那个简易的厕所，本来我的确是打算坚持8个小时不上厕所，到了基地再解决的，可过了大概3个小时之后我发现这件事的可行性太差，除非我不喝水不吃东西，否则很难真的坚持8个小时不上厕所，而且下了飞机之后也不见得马上就能到基地，万一再走一个小时，那我岂不是要把肾都给憋坏了。于是我稍微收拾了一下，脱下“大红”以便更为敏捷地杀到厕所附近去，因为厕所那个小帘子在机舱后面的高处，突围过去颇有一些夺取高地的感觉。好不容易来到了帘子下面，我再三跟身边的人确认这是不是厕所，这里面现在有没有人，怎么才能爬上去，得到了答复之后，我开始踩着小楼梯往上爬。你想象一下在这个略显拥挤不规则的机舱里有一个小楼梯是多么滑稽的事儿，我一边爬一边笑，就发现面前出现了一个简易的马桶，美国人真是可爱，这种地方居然也用马桶。帘子被我拉上之后飘飘然的感觉让我觉得异常没有安全感，于是只能用一只手死死地拉着帘子，迅速解决，环顾四周，洗手是不可能了，有一瓶消毒液已经非常奢侈了。从楼梯上跳下来之后，又一次突出重围回到我的“大红”处，重新把自己裹起来，继续等待着即将到来的着陆。

混乱的声响中忽然传来了机长清晰的声音，虽然我麻木了8个小时的听力已经下降到了可悲的地步，可还是听到了关键词，要着陆了！在重新把自己绑回带子上之前，我爬上去贪婪地往舷窗外看了一眼，无尽的白色绵延深处与淡蓝色的天空轻轻融合在一起，旁边站起来一位胡子大叔，看到我没见过世面的样子，用慈祥的语调说：

“这就是南极大陆，我们到了！”

第六章

世 界
尽头，满眼苍茫

一望无际的可以是草原，也可以是大海，踏足南极大陆的那一瞬间，我意识到原来雪原大陆也可以如此波澜壮阔。不知道是不是站在世界尽头的关系，整个苍穹都弯曲出了更加美妙的弧度，仿佛曲面中伸展出了另一个纬度。白色大陆的四周都是顶着白色头纱的山丘，金色阳光洒在上面显得格外透明。夏天的南极并没有想象的凛冽，空气中反而透着淡淡的清甜。虽然我的血不至于杀气腾腾，可还是觉得整个生活都变得热情了起来，大气层有个洞的南极圈下，阳光和紫外线肆虐着大地，我眯起眼睛看着这震撼的白，心里却有一种暖暖的悸动。

白白的世界，蓝蓝的天

每个人都像奔向自由一样奔下了飞机，我也不例外地赶紧站起来，焦急地跟在大家后面下了飞机，将冰雪世界踩在脚底下的我感到有那么一点儿不真实。忽然听到有人喊我的名字便抬起头，看到老白对着我拍摄录像，还大喊着：“快告诉大家你在哪里？”我挥舞着双臂兴奋地大叫：“我在南极，我在南极，我在世界的尽头！”没有人觉得我们幼稚，大家都开心兴奋地站在冰上。我想不管是来过多少次，这个世界一定能带给你震撼。飞机停在雪域高原上一片广袤无垠的平地上，白色荒漠绵延出去看不到尽头，远远的火山静静地矗立在那里，我都可以想象那一块块黑色的火山岩带着岁月的小孔散落在山脚

下，它们用温柔的方式告诉大家这座火山曾经喷薄而出的势不可挡的壮阔。

蓝天上几乎没有云朵，大老板招呼这一季的科考队开始照相，我激动得忘记放下自己的旅行包，一直扛着背包居然也不觉得肩膀酸痛。阳光刺得我睁不开眼睛，因为戴着眼镜的关系，墨镜是没有地方架了，只好眯着眼睛看着镜头，所有人勾肩搭背地站在一起，老板和大老板都很高兴。也不知道他们是假装兴奋，还是真的很兴奋，我总觉得来过很多次的人不会像我这个菜鸟一样高兴。白色的背景下，我们这支红色的大部队给这里添上了漂亮的色彩。

▲ 下飞机登陆南极

拍照结束之后，我们坐上冰上运输车开始往科考站进发了，大概是因为这里的人都有着一颗童心，他们居然给每一辆车都起了名字，而且无一例外都是女性的名字。有人告诉我，给自己的座驾起名字可以带来好运。我回忆了一下，自己也经常给代步工具起各种名字，小红、小白、小黑什么的，只不过和这些车的正经名字相比，我起得稍显敷衍了一些。一个女生拉着我坐在车的前排，以便更好地看到面前各种景色，她端着一台相机不停地拍照，我则时不时掏出手机按几张。波澜壮阔的景色下几乎不需要什么摄影技术就可以拍出很不错的画面来，不过我还是建议要来极地旅行的同志们准备好相机，一定要提前确认能够在低温下使用的相机，不然等你想要拍下眼前的震撼时发现相机失灵了，相信我，这种感受真的非常糟糕。

▼ 科考站宿舍

科考站建在沙漠地带，远离了冰面之后，黑褐色的土壤裸露了出来，沿着车碾过的道路看过去很像小时候乡间的小路，远远可以看到一些矮小的建筑物，路边各色的旗子代表着不同的意思。绿色和黑色是可以通过，红色是有危险，每个司机都必须小心翼翼地驾驶，安全第一。我们的车子迟缓地行驶着，这让我有了更多的机会从高处俯视刚才我们降落的那片白色，甚是美好。只不过阳光实在是太过强烈，我只好把自己整个儿缩进帽子里，否则估计到了科考站我也已经被晃瞎了。鉴于我个人的经历，我提醒大家到南极旅行，一定要做好防晒措施，墨镜防晒衣一样都不能少，这里的阳光强度比平日里的强上几

十倍，随便走上半个小时脸上就能留下太阳的痕迹，不小心就会造成严重晒伤，出来玩儿一圈你也不想顶着一张“猴屁股”回家对不对？

《南极公约》规定，所有国家在南极建立的科考站都必须随时可以供任何人以任何理由参观监督，不得在这里进行除科考以外的任何活动。我当时心想，这么复杂的路线，谁没事敢来这里参观监督啊，还不是你们自己安排才能有人进来，所以说有些公约条款真的是订得好虚伪。话是这么说，这里的生态环境保持得还是不错的，除了建设下不可避免的牺牲外，其他一切都尽可能减少人为改变和破坏。土地上甚至没有一个脚印，果然是地球上最后一片净土。能走到世界尽头的人少之又少，最后抵达这里的人想必也都希望善待这片土地吧。

几辆小型的面包车从我们大大的运输车身边擦肩而过，人家小而机动的灵动让我们看起来格外笨重，想到这里我居然笑了，弄得身边的姑娘不知道发生了什么，一个劲儿地追问我笑什么呢，我好不容易才给她解释了成语“尾大不掉”的意思，又告诉她我自己想到另一个词“屁大不疼”，大概就是如果一个东西太大了，感觉就会麻痹，行动也会僵持，如果一个大屁股的人哪怕是跌坐在地上，估计也不会有多疼吧。她懂了之后哈哈大笑，因为跟我一样身材矮小，她同意我的观点，还告诉我他们学校有很多很大号的人，每次看他们走路都觉得很累。每次在实验室够不到东西的我，都需要爬上实验台，看到我这样，小胖总是笑嘻嘻地一伸胳膊拿到我使出吃奶的劲儿想要抓到的东西，并在我脸前晃来晃去，以示炫耀。

半个小时的观光之旅很快就结束了，看了看手表已经是晚上9点半，可天空根本没有要暗下去的意思，一切都还是那么晴朗，这就是南极的夏，没有黑夜的白天。当物理的白天黑夜不再存在，不晓得自己的生物钟会不会也跟着乱掉，24个小时的日照下人会不会也不需要睡觉了？有点儿后悔没带副眼罩来，万一失眠怎么办？

假如世界没有黑夜，那一切黑幕掩护下的龌龊是不是就无所遁形？大神告诉我，黑夜并没有错，错的是人内心的黑暗，假如阳光就能清除罪恶，那大白天的那些卑劣手段早就被灼烧殆尽了吧。是啊，假如人的内心也充满阳光，干净得像一汪清水，是不是真的就天下太平了呢？我不这么认为，不过假如所有人都没了七情六欲，那么艺术大约就会首当其冲地被这至清的水给冲垮了吧。

我不愿做一条生活在至清之水里的鱼，这凡尘俗世有太多我向往和钟爱的东西，于是乎，还是让我快快乐乐地做一个俗人，做一个任性妄为追逐梦想的凡人吧。

嘎吱嘎吱奏鸣曲

这辆叫作“艾文”的运输车全身大红色，在南极毫无遮挡的阳光下熠熠生辉，缓慢地行驶却不可阻挡。人们在车上酣畅淋漓地聊着天儿，刚开始我还能集中注意力听那么几耳朵，十几分钟之后我感觉大脑渐渐开始罢工，最终就睡了过去。

名字叫艾文的车

默克莫多科考站位于南极默克莫多山谷，沿着罗斯海星罗棋布着几个小小的建筑，铺开来看很像是一个小规模的镇子。好像是为了让这里枯燥的生活变得稍微有趣一些，所有的路标和牌子都被画上了好玩儿的涂鸦，下了车还瞄到远处有一个类似星巴克的山寨咖啡屋标志。黑色的土地上多是细碎的小石子，踩上去发出嘎吱嘎吱的声音，有点儿像是雪地，却有些硌人，我们穿着厚重的靴子先到了办公实验楼，把所有的东西放下之后才到行李处领我们的托运行李。

大老板告诉我不要穿着厚重的雪鞋在这里走来走去，会累死，雪裤也可以脱掉，于是我换上一身轻便的装束准备去拥抱自己的行李。整个科考站真的不大，却因为第一次来感觉每一条路都不知道通向哪里，每一栋房子都长得毫无特色，无法进行区别，看起来需要花一段时间好好记忆一下地图。跟着大家一起到了行李提取处，各种颜色的行李已经被拖了出来，大老板让我出去叫一辆车，等会儿把所有人的行李都拉回宿舍楼。我心想真是神奇啊，这里还能叫车！本着不质疑领导的精神，我跑出来叫车，打开门就有一张热情的女孩子的脸飘了过来，问我是不是要运行李回宿舍，我点点头，她告诉我车的号码之后就跟我进去一起搬行李，我掐指一算这里叫车必然是不需要花钱的吧，于是赶紧进去帮忙搬东西。

行李出来得很快，毕竟乘客也没多少个，我们把行李全部放上车，连人带车一起到了宿舍楼，仰头一看就觉得这里跟国内那种简易的民工大楼相当神似。房间是提前分配好的，唯一要做的就是拿钥匙，进屋，收拾。刚到的时候，我们被集中起来到中心大楼培训，就是给我们讲了一些南极科考站的注意事项，说白了就是立规矩。我被大老板拉着坐在第一排接受“新生入学教育”，各种PPT看得我也是有点儿云里雾里，就记住了一个火警的电话号码，只要有任何不对劲儿的情况，打这个电话就对了。

宿舍钥匙和网络的用户名密码就是这个时候发给我们的。我打开宿舍门还没看清楚里面的状况，就听见大老板一声抱怨："开玩笑吗，上下铺！"我听说这里分房讲缘分，有时候运气好能分到大的房子，运气不好就是小房子，如果运气是不好中的不好那就是超级小房子加上下铺。我真是走了不知道多少狗屎运才跟大老板分到了一个宿舍，还是上下铺，我当时只剩下了苦笑。大老板是肯定不能睡上铺的，六十多岁的老太太怕也上不去啊，而且这上下铺一看就是给外国人设计的，感觉要是掉下来简直是要残废的，梯子也不太好用，想到还要高空作业铺床我就头疼。

大老板看到眼前的小房子之后就没了收拾行李的兴趣，于是决定先去办公室看看，留下我一个人在房间里整理行李，上蹿下跳了半个多小时才把东西安顿好，还要留出一整张桌子给大老板，我觉得心真的是好累好累。收拾完东西照例要到办公室去报到一下，于是还不能休息，跟着人家一起到了实验室，因为没有黑夜，所以根本没有下班的概念，不管到几点，高照的艳阳都好像在说："工作吧，工作吧！"

好在老板们也看出每个人都是一脸疲态，潇洒地通知了明天上班的时间就放我们回去休息。我临走之前扭头看了一眼大老板和老板，他们平静地打开了电脑，居然还要工作，我只能在内心表达了一下佩服，赶紧跟着大家回宿舍。地形不熟，我可不想在这个时间段、这个精神状态下迷路。

不知道晚上大老板是什么时候才回到房间的，我隐约听到她轻手轻脚地回来收拾东西、洗漱，很快就没了动静。一夜无梦，遮光窗帘也无法完全隔离外面24小时嚣张的阳光，但这并不影响我睡觉，因为实在是太累了吧，只能希望未来一个月的科考能够顺利进行，不要犯什么低级的错误才好。

南极大陆的夏天多风少雨，夜晚的阳光下还能听到外面时不时呼啸而过的风。早上5点大老板就迎着那不落的太阳起床了。就算是我睡在上铺也能感觉到大老板对于我们这间小小宿舍的不满，毕竟按照有些地方的风俗，最大最好最敞亮的房间自然是要留给一个团队里地位最高的人，这样的随机分配我还觉得挺新鲜。掏出手机看了看时间还早，翻了个身决定假装没听见大老板在下面弄出的动静，说了8点才上班，我昨天都已经累成一坨了，今天可不想为了表现什么“一天之计在于晨”而早起。

随着门一声轻响，我放心地再次跌入梦乡。梦里还有几只企鹅在天边飞过，虎鲸在大地上舞蹈，光怪陆离的画面让我简直不愿意醒来。后来闹钟还是把我带回了现实，刚到办公室就听见大老板高兴地告诉我，她早上去找了管理宿舍的人要求换宿舍，果然还是无法忍受自己住在这样一间宿舍里，我暗自欣喜了一下又忽然觉得很囧，因为我昨天花了好长时间才高空作业把所有的东西整理好了，如今岂不是又要高空作业一次才能完成拆卸？！不过看着大老板如此高兴，我自然也只能表现出喜不自禁的情绪来配合她的兴高采烈。当天上午10点钟左右，大老板带着我去换了钥匙、挪了宿舍，我才发现她昨天根本就没有打开任何行李，也就是说她昨天就打算好了要换宿舍，而且基本上确定自己一定能成功换到另一间宿舍，连床单都没有铺的大老板拎着行李直接就拐进了另一个屋子，剩下郁闷的我把自己卡在床与墙壁之间一点点地把自己的床铺给拆下来。

新的宿舍也不大，但至少不再是上下铺了，自觉地把里面的床位让给大老板，两张床之间用一个大的柜子隔开，这样就是两个相对独立的环境，尤其是住在里面的人，基本上可以把它当作一个小房间。收拾了新的宿舍之后，我看到大老板还往冰箱里放了两瓶威士忌，来的次数多就是不一样，准备真是相当充分。没有时间给我们浪费，收拾好就马不停蹄地赶回了实验室里。

没有人提到时差，没有人提出要休息，没有人不服从命令，所有人都像打磨好的零件一样有序地转了起来。至于我，留给我迷茫的时间大概只有一分钟，这个高速运转的小社会不会给任何人发呆的机会，不愿意让自己看起来太傻，我只能跟着大家跑了起来。当你不知道该做什么的时候，最好的方法就是做别人都在做的事情。就这样，我正式开始了一名南极科考队员的所有工作。

人生如此美妙和莫名，让我把曾经向往的风景都变成走过的路，我很努力，很辛苦，但是我从来都不接受遗憾，也不愿意后悔。

女娲，你补的天漏了

早就知道南极上空有一个臭氧层空洞，领教了之后才知道这里的紫外线有多强悍，阳光灿烂得让你根本睁不开眼睛这种小事就不要提了，关键是如果你没有涂抹防晒霜的话，那紫外线晒伤你的皮肤只是分分钟的事情。前辈告诉我，只要你在户外，就时不时要涂抹防晒霜才能保护自己的皮肤，说完指着自己颧骨上的两团“南极红”告诉我，就算是防晒霜有时候都难以抵御这里的紫外线，何况你让自己的脸到处“裸奔”呢?

爬出宿舍吃早饭的时候，我站在那儿看了会儿天上圆滚滚的太阳，晴好的天空看不出任何端倪，想来这天上有一个大窟窿也是挺搞笑的事情，真想打个电话告诉女娲，天又漏了，

你还有没有五彩石再补一次呢？不过这次的天漏了可不是那只驮着天的大乌龟搞出的麻烦了，而很有可能是我们人类自己干的。捅了娄子之后，我们没有女娲的能力，无法补天，只能靠大自然自己的修复能力，等上亿万年来弥补这一块臭氧层的空洞。虽然还没有确凿的证据证明南极臭氧层空洞的产生是人为原因，但这个漏了的天带来的后果，我想很多人都已经看到了。

来南极旅行的朋友，幸运的话可以坐着飞机俯瞰整个南极洲的风采，虽然不能深入腹地，但也算得上是一饱眼福。大部分人都可以登陆靠近海的那片南极大陆，至少可以让你近距离看看企鹅和浮冰，因为没有建筑物，声音就很难聚拢反射，所以这里显得非常安静。如果你能花上十几分钟坐在南极大陆的边缘看看面前这片海，想必你也能感受到生命的秘密吧。假如你抬头，也许发现不了天空中的那片空洞，能感受到的也只能是太阳带给你的阵阵灼热而已。

臭氧层是什么呢？简单来说就是地球的一个保护层，来自太阳的紫外线大部分都被臭氧层吸收，因此我们这些地球上的生物才免遭辐射带给我们的伤害，臭氧层是大气平流层中臭氧浓度最大处，而当这个浓度最大处变成了零，那就意味着太阳的紫外线辐射将从这个洞里悉数照进我们的世界，给大陆带来难以想象的长远灾难。

从20世纪初开始，大气层中的臭氧每减少1%，普照到我们身上的紫外线就跟着增加2%，很多人把近年来多发的皮肤癌、白内障以及各种免疫缺陷和发育问题归根到紫外线辐射的增加上，虽然还不能肯定紫外线的杀伤力，但影响必定是存在的。很多居住在智利的居民都对紫外线有着深刻的感受，比如皮肤在接触阳光时间过长的情况下会感到痛痒，比如饲养的牲畜会出现不同程度的视力障碍等。且不说臭氧层的确在逐年减少，光是紫外线导致的后果我们至今都无法估量，怎么说呢，就是用“灭顶之灾”来形容也不为过吧。如今，女娲是不可能来救我们了，尽量减少温室气体排放和工业污染是我们目前唯一能做、唯一能自救的方法，而在发展和保护中选择一个平衡点实在是太难了，于是我个人还是寄希望于用科学的方法来抵抗这片漏下来的紫外线，当然假如我们真的能把空调的温度调高几度，想必也是能对减缓人类“自杀”做出不可磨灭的贡献的。

南极科考工作的第一天，我们连续工作了13个小时，因为是第一天，我并没有获得8点上班的福利，7点左右就听到前辈在外面敲门叫我起床，他们都很怕我这个菜鸟贪睡，第一天迟到，这可是大忌。好在我这个人也挺拎得清，当大老板出现在门口乐呵呵地喊我吃早饭的时候，我早已经洗漱完毕，整装待发了。没有人知道美国人的上下铺对我来说是多么可怕的高度，这两天的上上下下，身手矫健得令我自己都不住地给自己拍手叫好。

科考站的食堂我慕名已久，每个人进入食堂前必须洗手，因为这里几乎没有医疗条件，所有人必须保证自己和别人的健康。出入实验室、采样等都会造成细菌和病毒的携带，于是洗手成了每天必须重复上百遍的工作。食堂的空间必须合理利用，所以每个人都要把背包和厚重的大外套留在外面，设计相当合理，科学家也都高度配合，于是整个食堂看起来热闹却不拥挤。我就忽然想到，人数其实不是问题，合理的规矩以及自觉遵守就可以让整个系统有条不紊地运转下去，真不知道我们可怕的交通究竟是因路窄人多，还是别的什么主观原因造成的。

吃完了早餐，一天的工作就拉开了大幕，为了体现团队合作，所有的事情都以小组为单位进行，包括吃饭下班。打开实验室的大门，我才发现里面空空如也，一直以为布置实验室这种事情不过是打扫打扫卫生、擦擦仪器什么的，完全没想到整个实验室居然是空的！那就意味着我们要从某些地方把仪器搬进来，安置好，也就是说我们这些人要担任搬家队、电工、清洁工等所有的角色。听老板们的意思，我们只有一天的时间来完成实验室的布置，于是每个人都立刻找到了自己的岗位开始工作。

花了一上午的时间把所有的仪器拿出来安置好，实验暂时不能开展，可是金子般的时间不能浪费，凡在南极科考站的科考队开工前必须完成科考站提供的所有相应课程，其中包括野外培训、直升机培训、卡车驾驶培训、环境保护培训等，五花八门，花样繁多。当天下午就有一个野外培训，老板替整组人报了名，因为美国人没有午睡的习惯，我也只能硬撑着自己的精神在做完了实验室的工作后，踏进了野外实习教室。然而不幸的是除了野外实践生火搭帐篷的时候我醒着，其余时间我基本上处于梦游状态，高中上课睡觉的感觉历历在目。头一栽一栽的，还生怕老师注意到我，只好躲在角落里，实际上人数不多的教室里他想看到我太容易了，不过忙于激情演讲的老师好像也没有特别在意。

终于到了实际操作的部分，教练演示了如何组装燃气罐、如何生火，然后分组练习，作为菜鸟，大家都推荐我上手操作，虽然有些小忐忑，我也只能硬着头皮上。心里默默告诉自己，我这可是代表了中国留学生的智商，还好在大老板的注视下非常争气地顺利搞定一切，大老板留下一句："看你做得好容易啊！之后去野外我就跟着你好了！"听完这句话，就看到我老板脸上露出满意的笑容。后面的搭帐篷和绳结就不在话下了，喜欢户外活动的我早有经验，比起生火，搭个帐篷实在是小儿科了许多。野外生存不是比个人能力，比的是团队合作，就像在面临暴风雪的时候，只有合作才能保证每一个人的安全，独断专行是不可取的，也没有人能真的成为孤胆英雄，当然如果你是美国漫威漫画里的超级英雄，那就另当别论。假如你和我一样是个普通人，那在南极的时候可一定不能掉队，也不要独自一个人走远，哪怕风景如画，生命安全也是第一位的。

下午4点钟左右培训结束，一群人又回实验室继续当清洁工，几位老板都有些洁癖，受不了实验室一点儿的不整洁。我们只能拖着疲惫的身体开始打扫，闪转腾挪的人们看起来都铆足了劲儿。熬到晚饭的点儿时，每个人都筋疲力尽了，可这并不妨碍我们在晚饭后回来继续做完了全部的收尾工作。我实在是太累了，抬头看了一眼时间，晚上8点半，这时候大老板冲进实验室说："结束了，大家回去吧，不要再继续了！去外面转转走走，往东边儿走走，可能会看到企鹅。"说着还给我们规划出行的路线，想让我们去爬山远足，欣赏南极美妙的风景。

不得不说带头的博士后大师姐拥有极高的情商，你设想一下一支工作了13个小时的队伍，听到大老板让我们去爬山时的那种心情，每个人脑子里大概都是千军万马奔过，我更是觉得整个人都不好了。说时迟那时快，大师姐指着我说："苏格说要去健身，今天就不带她去看企鹅了！"我迷茫的眼神一闪而过，难道说去爬山是为了带我这个菜鸟参观?！大老板的注意力被成功转移到了我身上，我只能扯出笑，点点头说："是啊，我想去健身房看看，然后回去洗个澡。"就这样，整组人逃过了"被看企鹅"的厄运。

得到下班的号令，我自然不会再加班，飞一样跑出实验室，回到宿舍，洗好澡，泡好茶，打开电脑跟朋友报告一下今天的行程。企鹅我今天必然是没有心情看了，至于明天嘛，太阳不会落下，生活也会继续，而我，只需要顺应自己的心情，完成每一件事情就很不错了。

窗帘外天空依然洒下格外强烈的紫外线，短距离的行走已经让我感到了那傲娇的小温度，不晓得今夜会不会有女娲娘娘入梦，告诉我修天补洞的方法，假若真的有，我不怕一试，怕的是即使有方法，凭少数人的力量也无法完成，只能眼睁睁地看着天上的洞越来越大，最后天就这么塌了下来。

想成为一个勇敢的人

小时候总觉得科学家是个特别神圣的职业，现在真的做了科学家反倒觉得没什么神秘的了。就像我在大脑里脑补了很多自己在南极科考队叱咤风云的小故事，来了这里才知道科考内容简单直接到枯燥的地步。南极科考站的工作主要分为两部分，一部分是实验室样品处理，一部分是野外采样。由于土壤样本长期处于南极环境下，长途运回内陆实验室会不同程度地破坏样本内部的生物群落，因此我们必须在实验室内及时处理大量样品。采集样品就要到山谷沙漠中，用特别的、已经清洗消毒的铲子和密封袋把不同地点的土壤装回实验室。土壤样品分成两份，一份用作化学成分调查，一份用作土壤生物群落分析，说得这么热闹，实际上采样简称就两个字——“挖土”。

相比站在实验室里隔着窗户看南极，我们这些学生自然对去野外趋之若鹜，毕竟在实验室里工作十几个小时实在是有些枯燥，而且时不时老板还会进来检查，就算是整个实验室里充斥着重金属摇滚，气氛也一点儿都不放松。可是每次出去的人数有限，我也只能期盼着老板能大发慈悲带我去野外，带我飞。今天早上终于起了个早，到健身房去跑跑步，出出汗，浑身都舒服了许多，快跑完的时候才碰到老板，看样子昨天他又熬到很晚，很奇怪有些人为什么不需要睡眠，还好他们没有假设别人也不需要睡眠，否则我们这些排头兵真的是倒霉了。

南极的夏天科考季节刚好跨着一个元旦，新年之前老板希望我们完成所有的培训和讲座，加上实验室带来的新西兰样本需要处理，所有人都全天连轴转着。中间一度我已经觉得大脑不会思考了，只有身体跟着大家到这里，到那里。培训中有很多有意思的事情，但是也有一些培训老师明显很敷衍，比如驾驶大卡车，我跃跃欲试了一个上午，结果下午只是让我们看着别人操作大卡车，完全是纸上谈兵而已。等我们准备实践的时候，老师表示他要下课了，意大利同学说：“咱们改天把钥匙借出来自己开。”话音还没落地，我就看到路边停靠着许多样子奇怪的车，气质上就感觉属于冰面小超人那种，其中一辆长得特别像坦克，上面憨厚得很，脚下却挎着履带，跟风火轮一样，想想骑上去一定很霸气。

我和意大利小伙儿互相交换了一个眼神，他立刻心领神会地放慢了脚步，趁着大家都没有注意我们，火速找准路线向“小坦克”靠近。我煞有介事地弯着腰，意大利男生一边倒退一边“掩护”我，还打着手势让我快点儿，于是我很快跑到了“小坦克”边上，以迅雷不及掩耳之势踩着踏板登上了“坦克”，把手放在把上扭来扭去，想象着自己驰骋在南极冰原上。意大利男生看我已经成功了，三步并作两步就跑了过来，用眼神示意我“该我了，该我了”，我正准备让他帮我拍一张照片留作纪念，就听到身后传来了一道雄厚的声音：“嘿！你们在干什么！”我吓得直接掉了下去，意大利男生比我想的不仗义多了，转身就跑。我紧随其后，忽然就想到当年二战被意大利坑了的德国，好在身后的声音并没有追着我们不放，跑到实验楼下面，我俩扶着栏杆哈哈大笑了半天才走回实验室。

作为一支只在这里工作一个月的队伍，相比科考站有些常驻人员一待就是大半年，我们算是很逊了。这里没有发达的网络，没有丰富的娱乐生活，只有不停的工作和不算可口的食物，于是每到节日，科学家们都要脱掉他们严肃的外衣，好好释放一下心里的小热情，或者小疯狂。新年即将到来，不大的科考站中心居然搭起了台子，每年这里都会举行新年音乐会，美食和音乐让大家尽情舞蹈，还可以让这些有音乐才华的科学家上台去高歌一曲，或者随便吼两嗓子。

新年音乐会就在明天，从外面请来的乐队已经进到站里，虽然我不太懂美国本土的乐队，但这根本不重要，重要的是这个气

U.S. COAST GUARD
10

氛。工作太枯燥和辛苦，人们需要一段时间来发泄自己的情绪，你看电影里那些恐怖的大boss经常都是一些心理已经扭曲的科学家，要么说有一个健康的心态是多么重要啊。终于意识到2016年已经来了，时间走得太快了，都还没有来得及反应，一年又过去了，当5变成6，我的美国生涯已经过去一半了，想想真是欣喜。过去的三年里，我不止一次地怀疑自己干吗不老实在家里待着，来到陌生的没有朋友的国家，又来到这片只有工作，没有娱乐的大陆。周游世界的梦想看起来很酷，但也只有在你回忆的时候才能体会到其中的心酸与成就吧。

音乐会在1月1号的下午开始，为了能够好好享受音乐节，我们从早上7点就开始在实验室里处理样品，老板们好像也感受到我们的情绪，于是一上午都没有来检查我们的实验进展。大师姐带着我们热火朝天地处理样品，从洗样品、过筛、离心到显微观察，几个人分工合理，严密配合，实验室不算大的空间被满满的热情堆了个严严实实。我被分到了一个站着的工作，几个小时站在水池前，让我感觉自己已经从一个科学家进化成了一个洗盘子的，酸爽的腰让我提醒自己以后一定要珍惜餐厅干净的盘子。

如愿以偿提早下班，音乐节的食物是一种叫作chilli的汤，就是用红豆和肉酱熬制而成的浓厚的汤，可以搭配面包和饼干食用。穿着奇装异服的科学家早早挤满了场地，有些在排队领取免费的食物，大部分人都站在场地上等待着音乐响起。我背着书包站在人群外面的高地上，静静地看着这片热闹，对那种看起来怪怪的汤我是没什么兴趣，只是这些科学家让我感到敬佩。常年守着这个孤独的地方，放弃舒服的生活，就是为了给大自然浩如烟海的数据库添上一点点的贡献，这些勇敢的人值得我尊重，我也愿意尊重这些人。我的梦想也只不过是想要周游这个世界，看遍这个世界的故事，而跟他们的梦想相比恐怕就小得不够瞧了吧。已经是第26次参加音乐节的大老板站在人群中，许多人都认识她，她苍老干瘦的脸上露出少女一样兴奋的笑容，频频举杯和人们共庆新年的到来，时间的确在她身上留下了痕迹，可她同样也在历史上留下了她的痕迹。

不是每一个科学家都会成为万众瞩目的诺贝尔奖获得者，就像不是所有的演员都能成为艺术家被人熟知一样。许多科学家穷极

▲ 新年音乐节

一生也许都没能攻克一个难题，也有时候一个理论的发掘和证明需要不止一代的科学家的努力，这些有勇气追求永无止境的人，过着清苦的生活，付出着一生的努力，我希望人们能够了解他们、认识他们，而不是把他们的生活当作一个悲剧、一个笑话。每当看到网络上那些假冒专家的网页、传播伪科学的公众号，我都会有一种莫名的悲哀和愤怒，当人们不懂得从何种途径获得真正的科学，当人们抓着伪科学当成真科学笃定地告诉自己的下一代的时候，我都觉得这是文明的失败，是我们对于知识普及的失职，我们少的并不是对于科学的好奇心，而是科学的思考态度。

成为一个勇敢的人，成为一个可以为科学而战的人，也许我无法告诉所有人我知道的东西，但至少我想要影响我身边的人，哪怕一个也好。

▲ 新年音乐节

第七章

南极探险家：那些悲壮勇敢的生命

2016年1月26日，英国科学家亨利·沃利在一次南极冒险中去世，享年55岁，50公里的距离成了他生与死的界限。多年以来，许多冒险家想要完成独自穿越南极洲的壮举，有人成功，有人失败，残酷的是在这里失败就意味着丢掉性命。南极洲的天气多变，组团穿越都有风险，何况是单独完成这趟旅途。亨利经历了几十天的长途跋涉，恶劣的天气已经折磨得他筋疲力尽，他在帐篷里休息了两天之后决定放弃，营救团队即刻将他送往智利的医院，可医疗队发现他满身都是冻疮，身体严重营养不良，最终救治无效的亨利不幸去世。我不会用悲惨和可怜来形容亨利这样的冒险家，他是伟大的，是勇敢的，是悲壮的。也许很多人都无法理解这种行为，但假如所有人都能理解你，那你该是一个多么平庸的人呢？

冒险家的生命意义

我期盼的第一次野外行动就如同前往南极的旅途，一波三折。新年过后，新的一周终于开始，做实验的部分在这一小节暂时不赘述，老板感念我们全组学生工作辛苦，决定第一周的野外计划由整组人参加（实际上后来我才知道，因为第一周采样量很大，需要大家通力合作）。到野外采样地点需要乘坐直升机飞过罗斯海峡，要准备帐篷等一系列野外生存必需品，以及采样需要的全部工具和实验用品，这些东西必须提前一天搬到直升机登机处，进行称重和标记。称重是为了让装卸员控制飞机的载重量，标记是要写清楚运送地点、组号，为的是飞行员可以准确地投放。

这次科考队里面加上我有三个菜

鸟，对于马上要去野外的计划自然很兴奋。提前一天准备所有的东西，大老板要求我们新来的把东西拉到直升机处，在我完美的指挥下，意大利小哥把大卡车完全没有意外地倒进了那个实在是不太像车库的车位。距离登机处剩下的距离就只能靠人力了，于是我们俩就挽起袖子准备扛，不知道是不是他对于那天独自落跑内心有愧，今天的意大利小哥发挥了强大的绅士主义精神，让我在里面称重，他自己一趟一趟往屋子里面运啊，运啊，运啊。我这么与人为善的人，自然不会让别人的好意无处安放，于是就安心地在屋子里一个一个地称重写标签，差不多半个小时我们终于完成了全部物品的登记，带着激动的心情回到实验室，期待着第二天的到来。

▲ 意大利小哥

然而所有的期待在当天下午的暴风雪里被慢慢浇灭，第二天当所有人整装待发的时候，我们收到邮件，因为天气太恶劣，所有的飞行计划被取消。我一直没搞明白直升机是不是用肉眼看路的，还是像客机一样靠的是导航，所以看不见也没关系（真的没关系吗）。就这样，在我们一行人昨天赶着处理完了所有的样品，完成了所有的培训，意大利小哥拼了老命把装备全部搬到了登机处，就在这个完全不明媚的日子，大家准备全心全意去取样的时候，在我们5点半起来，穿上所有的装备，带上所有的干粮的时候，被通知今天的飞行全部取消了，取消了，取消了。你看，生活就是这么令人惊喜啊！

冒险家们被困在实验室里，因为前一天已经把所有的样品处理完了，一群人都坐在实验室里看电脑、写文章、看新闻或者单纯地上网。我还是有些失望的，脱掉了那比我的腿长好多的雪地裤，师姐告诉我今天唯一的工作就是继续把这些采样用的小袋子装好，目测我10分钟之内就能完成，也许是前几天看到我“速度之神”的能力，师姐专程走过来嘱咐我：“慢点儿做，今天没别的事儿了。”我当时心里觉得怎么这么搞笑，看来想要冒险还是需要耐心地等待啊。老板说，就算是冒险，也要注意安全，生命诚可贵啊，于是只要天气情况不允许，科考站就会果断地取消所有飞行，宁可延迟也不冒险，冒险精神绝对不是送死，而是在任何情况下都要把生命安全放在第一位！

就这样忙活了一个小时左右，回到实验室坐下没一会儿，看样子大家都感觉无聊了，隔壁实验室的两个女生跑过来问要不要出去登山，本来我是拒绝的，觉得坐在那儿自己听着音乐、写着明信片，吃完午饭去个健身房多么幸福。不过后来还是被外面的风景吸引了，去登山，看看风景，顺便还能和大家促进促进感情。就这样我们快乐地出发了，留下头疼的两个老板在办公室里焦头烂额地讨论着怎么才能赶上进度。

南极非常安静，四下里只有风的声音，动作不算轻柔地卷着雪片和沙砾，敲打在衣服上叮叮咚咚地响着，每个人都把脸遮住，眼睛也包裹在墨镜里面，就算是这样依然感觉眼睛被风和温度弄得十分干涩。沿着山走了一圈大概花了两个小时的时间，回来之后每个人都饿了，运动之后连食堂的饭都变得有滋味了。科考站周围的山有高有低，唯一没有的是路，我们只能沿着十字路往上爬，天空还是阴霾一片，黑色的土壤延伸到很远的地方才是大海，听说海的对面，山谷那边的天气非常美丽，可是无奈的是中间横跨着一片大海，让每个人都只能望洋兴叹了。站在山坡上，罗斯海尽收眼底的部分还覆盖着厚厚的冰，一只只肥硕的海狮趴在上面一动不动，偶尔有一只海鸟划过天空，翅膀下风快速地流动，甚至都来不及捕捉一张清晰的画面。我们当天爬上了很高的山顶，锋利的石头割破了我的手指，低温下连血都没怎么流就冻住了小伤口，使劲儿蹦了蹦才发现天原来这么高。

第二天的天气非常好，期待已久的野外活动终于来到了。今天采样的地方叫作Many Glaciers Pounder，就是一个由好多冰架组成的堰塞湖，山谷往北边和南边纵深出去，南边是冰架，像一堵特别厚实的墙壁一样站在那儿，西边就是罗斯海（Rose sea），听名字还挺浪漫，可我总是感觉这片海是不是和泰坦尼克有什么关系呢。一大早就组装好，带上午饭穿上各种装备，背着27磅重的随身行李前往直升机登陆地点，一个多小时之后，我终于有生以来第一次坐上了直升机。

第一次戴直升机的头盔，第一次用对讲机，第一次坐直升机，一切都太新鲜了，尤其是和飞行员用手语沟通感觉酷毙了。今天才知道在直升机附近的时候，每次起落都必须趴好把自己掩盖起来，否则直升机扬起来的风沙足以把你的脸刮破，每个人都趴在行李上也是为了行李不被风撵到远处。好在我们的大衣都非常厚

◀ 终于乘上直升机了

实，只听见石头在衣服上敲打，却感觉不到什么。直升机走了之后，我发现自己快被埋起来了，站起来抖抖土才发现口袋里也全都是砂石，就看到前面的老板抄起地上一块大石头丢向了旁边的意大利小哥，小哥转过头有些窘迫地看着他：“哈哈，你看，衣服太厚了，感觉不到疼吧？”老板哈哈大笑，说着又砸了一块石头到他身上，意大利小哥无奈地摇摇头，说着不疼，弄得大家一阵哄笑。意大利小哥最后实在是绷不住了，为了防止老板再丢石头，他赶紧说：“但是我还是能感觉到的，别砸了。”老板这才丢掉了手里本来准备的第三块石头，拍了一下他的肩膀，开始准备工作。

取样工作很简单，分成三组，不到两个小时就完成了工作，接着就是吃午饭、欣赏风景和拍照。为了获得和南极大陆一样的清净，老板说：“你们去看看冰架吧。”然后他们两个老板在采样地点开始摆直升机可以停下来的标记旗子，这些小旗子也是一早带好的，因为山谷的地面并不平坦，所以每次直升机飞行员必须找到合适降落的安全地点，一旦降落把科学家放下来他们就要去执行别的任务，为了方便飞行员再次降落，科学家会在刚才降落的地方圈上一圈小旗子，这样飞行员就可以不需要浪费时间重新寻找降落地点了。

因为今天的采样工作完成得比较早，于是有了更多的时间勘察周围的环境，冰架在看起来很近的地方，看样子还势如破竹地准备继续往前挪动，我说冰架看起来挺低的，师姐说那是因为现在距离还很远，往冰架下方移动的过程中就看着天上的云彩渐渐不善，于是果断决定折回基地，带着对讲机的师姐联系了直升机中心。接下来就是漫长的等待，一直到一个小时之后，空降中心说，他们只能带六个人走，剩下两个人要送到附近的宿营地去过夜。

就这样，我和一个美国大胡子被留在了原地，看着其他人坐着直升机飞走，我在心里掏出小手绢默默地挥舞着。看着苍茫的大地，满心苦涩，身旁的大胡子跟我一样是个菜鸟，握紧手中的对讲机比我还紧张，我想这条命得靠我自己了，悲壮的情绪涌上心头，觉得自己好像真的是一个冒险家了。

“空降中心，空降中心，这里是C507，C507，听到请回答，请回答！”

▼ 美国大胡子男生

斯科特：埋在南极大陆的英雄

从罗斯海的入海口一直深入怀特山谷里，只要有人为标记的地方，就无数次地见到斯科特这个名字，杯子上、T恤上，可以说是无处不在。靠近大海的悬崖边有一个小木屋，这就是电站（Hot point）的斯科特小纪念馆，远远看去就在海湾的怀抱里，最后一块伸出去的土地拐了个弯卧在顶端，这里面陈列着各种当年斯科特停留在南极时的物资，甚至还有他没有吃完的海豹肉。这个人的名字和南极科考有着千丝万缕的联系，也是南极大陆深埋的一位英雄人物。来南极之前我是真不知道这位将军，也承认自己的孤陋寡闻和才疏学浅，居然连如此大神都没听过就来到了这片他曾经谱写壮烈的大陆。

人类中从来都不乏冒险家和探索精神，不论物质生活是否匮乏，不论科技是否落后，人们总是用自己的能力去探索未知的领域，大部分人都会佩服这样的勇气，并一直希望自己也能成为这样的人。于是我从小图书馆找来了关于斯科特的故事，我想要知道自己究竟应该如何崇拜或者礼赞这位不太为人熟知的英雄。

▲ 斯科特的小屋

罗伯特·费尔康·斯科特，一生只有短短的44年，在这太过有限的岁月里，这位大不列颠皇家海军军官给这个世界留下了探索的精神和宝贵的资料。作为一名大不列颠帝国的皇家军人，他无法克制内心对于探索的渴望，作为探险家的斯科特从1901年开始了自己的发现之旅。1910年，他向南极大陆发起挑战，成功抵达南纬82度，创造了人类对于地球南边的探索新纪录，也是这次探险中斯科特发现了南极高原，世人瞩目的南极点正是在这片高原上，这是一片直径超过1000公里的高原，平均海拔3000米，对于当时的人类社会而言，这就是新世界的大门。可以想象斯科特发现这片高原时内心的激动，热电站的小房子里是他们用箱子临时搭建起来的落脚点和实验站，时过境迁，里面的味道不怎么令人愉悦，充斥着历史腐朽的味道，却又让人感到曾经的振奋与热情。

完成第一次探险之后，斯科特并没有停下脚步，幸福的家庭和婚姻让他沉醉，可南极那片还未完全探索的大陆又在不停地呼唤着他，内心激动的小火苗一次又一次燃起。作为英国国家级的大英雄，有关他的平生书籍非常多，大家有兴趣可以找来读读看。了解他的一生，你会发现他从来没有闲下来过，一次又一次地探险，一次又一次地为了自己和国家的荣誉做出各种捍卫行动，甚至不惜和身边的人发生冲突。这样有血性的科学家真是很久没看到过了，也许是因为他骨子里还流着军人的热血吧。他的故事能带给你意想不到的触动，有机会一定要读读看，尤其是在你对现在的生活已经麻木的时候。

1912年，斯科特再次前往南极，这次是带着国家的使命要和来自挪威的探险家罗尔德·亚孟森争夺最先到达南极点的荣耀。因为旅行的经验丰富和在第一季探险中取得的成绩，斯科特非常自信，他提前规划了各个补给点的位置以及携带的行李，作为领队他还需要决定是使用狗还是马来拉雪橇，而最终冲击南极点的时候只能是人力完成，因此补给点的位置非常重要，这决定了返程中他们是否能及时获得足够的食物和物资补给。在这个过程中有许多小插曲，我无法验证它们的真实性，只是有太多人来分析斯科特最后一次探险失败的原因，因此太多的主观原因被加了进来。有人说他不该使用人力来拉雪橇，这使得最后他的队员在返程中消耗过大；也有人提出，当时当地领队建议他把最后一个补给站点再往南推进一些，而斯科特因为时间关系并没有同意，要知道他坐船已经在海上困了一阵子，落后于挪威人登陆南极，这让斯科特有些烦躁，所以他只想赶紧完成补给点的全部安置，争分夺秒地带着最终的小队冲击南极点，赶在挪威人之前拔得头筹。然而因为最后的悲剧，这所有种种都成了可能导致失败的原因，假如成功的话，那这些“不应该”又会成为另一种味道的历史证据了吧。

1912年1月4日，斯科特带着最后七个人抵达了南纬87度，他宣布了最后冲击南极点的队伍名单，加上他一共有五个人，剩下的三个人则返回最近的补给站。五人小组终于在1912年1月17日抵达南极点，郁闷的是他们发现早在五个星期以前，亚孟森已经抵达了南极点，失望和疲劳轮番打击着斯科特和他的小队。斯科特在日记中写道：“最糟糕的事情发生了，我的梦破碎了，上帝啊，这简直是我的地狱。”斯科特留下了许多的日记和手稿，这使人们可以了解他们当时究竟经历了什么，至少知道他们是怎么走向绝望和死亡的。

带着遗憾和绝望，斯科特的小队两天后开始返程，这也是他和他小队的最后一段旅程。在回程的路上他们遭遇了异常的寒冷，拖着雪橇上沉重的化石样本，每个人的身体都到了极限，然而他们不能停下来，因为补给站还没到。天气恶化使他们行进的速度越来越慢，然而老天丝毫没有怜悯他们，不停的折磨令斯科特那段“十分劳累而且无聊透顶”的预言成为可怕的现实。2月4日，队员埃文斯跌倒之后开始出现行动困难，17日再次跌倒的埃文斯死在了冰川脚下，没有办法得知他究竟是死于伤痛还是寒冷，又或者是饥饿，总之这样的死法真的一点儿都不安详。然而死神并不打算放过其他人，遥远的旅途中，冻伤、雪盲以及疲劳饥饿残酷地消耗着所有人最后的意志，继续向北的旅途中不知道斯科特是否也开始丧失信心，但他仍旧率领着队伍往北前进。3月17日，身体状况已经严重不佳的奥次留下一句“我出去走走，可能得一会儿”之后走出营帐，也走向了死亡，在跟死神对抗的队伍中，这样不愿再拖累队友的行为并不少见，奥次留下的这句话也在后来的电影中成为经典。生命是可贵的，对每个人都是如此，主动放弃的那一刻该有多么绝望我想谁都无法得知吧。

剩下的三个人又前进了32公里之后扎营，这是他们最后一次扎营，而这里距离最近的补给点还有18公里，却已经超过了原计划的补给点位置38公里，因此后来有许多人都认为假如斯科特当时能够按照原计划设立补给点的话，这场悲剧也许不会发生。他们本来打算第二天继续前进，然而席卷而来的暴风雪彻底打乱了他们的计划，不得不困在宿营地的三个人在随后的9天里，消耗掉了全部的补给，其中也包括他们自己的生命。斯科特的日记也停了下来，只是在3月29日留下了自己的遗言：

“最后一段，上帝保佑我的队友！”

救援队在八个月以后发现了三个人的遗体（我不得不吐槽一下救援队的速度，不过考虑到当时的天气和技术水平也不足为奇），从位置上判断斯科特是最后一位去世的，跟遗体一起发现的，还有十几公斤的岩石标本以及亚孟森留在南极点的信。面对残酷多变的南极天气，亚孟森同样担心自己在返程中遇到不测，他留下一封信在南极点，让斯科特替他带走，假如自己没有安全返回，那么这也将是他的遗书。

斯科特给自己的母亲和妻子写了最后的信，也给自己同伴的家人写了信，表达了自己对于同伴的敬仰和赞美，这位英国军官直到最后一刻依旧是优雅的，有礼节的，他用最后的时刻让自己和队友得到了应有的尊重和肯定。最后他也写了一封信给公众，解释了这次探险的失败，当然这并不是最重要的，重要的是他留下来一段话，一段激励了后世无数探险家和科学家的感人至深的话语：

“我们一直承担着风险，我们都知道，天不遂人愿，我们没有什么好抱怨的，即便如此我们仍然坚持到了最后一刻。假若我们能够活下来，我将告诉所有人，我的同伴有着怎样的毅力和勇气，这将激励每一个英国人。我们的尸骨和这些潦草的记录都将把我们的故事告诉每一个人，而且我们强大的帝国也会，也一定会证明，我们所做的一切，绝对没有辜负那些支持我们的人。”

沿着斯科特小木屋往旁边的小山丘走上去，就能看到那座斯科特的纪念墓碑，刻着那句著名的“探索发现，永不屈服”的呐喊。总觉得科学家都是一些书呆子的人，请不要忘记还有一些科学家拥有超过常人百倍的勇气，他们为此付出了生命，相比那些在战争中送命的人，我更愿意称他们为英雄，至少他们的付出是为了人类的进步，为了未知的不断探索，而不是为了争夺一片土地杀死数以万计的人类。历史的车轮中有木马屠城特洛伊的故事，却鲜少有人提起被毒蛇缠身识破奸计的拉奥孔；人们信奉自己族人中那些杀人如麻的将领，却懒得去看一眼辛苦劳作养活大家的农民。在越来越多人想要了解真正的科学的今天，我希望我们能同样正视那些曾经在历史中付出生命的探险家和科学家，同样的热血洒在不同的方向，斯科特的故事悲壮得令人动容，他的精神也应该被传颂，这是属于全人类的精神，是我们人类得以傲视地球上其他物种的写在基因里的最重要的超能力。

PM-3A NUCLEAR POWER PLANT
AUTHORIZED AND FUNDED BY THE U.S. CONGRESS AUGUST 1960
DESIGNED AND FABRICATED BY MARTIN COMPANY UNDER CONTRACT TO THE ATOMIC ENERGY COMMISSION
ERECTED BY NAVY SEABEES JANUARY/FEBRUARY 1962
FIRST CRITICALITY 4 MARCH 1962
OPERATED AND MAINTAINED BY OFFICERS, SEABEES AND HOSPITAL CORPSMEN OF THE NAVAL NUCLEAR POWER UNIT FORT BELVOIR, VIRGINIA
CREWS WERE AUGMENTED WITH ARMY AND AIR FORCE PERSONNEL
THE PLANT WAS SHUT DOWN IN SEPTEMBER 1972
IN MAY 1979, PM-3A DECOMMISSIONING WAS COMPLETE, AND THE SITE RELEASED FOR UNRESTRICTED USE
EXPORT STEAM FOR DESALINATION PLANT
ONLY NUCLEAR POWER PLANT TO HAVE OPERATED IN ANTARCTICA

▲ 小山上的纪念碑

愿做一只永不落地的鸟

传说中有一种鸟，一辈子只落地两次，一次出生，一次死亡，听起来有一种莫名的苍凉感，这种鸟在大地上出生，从学会飞翔开始就必须一辈子生活在天空中，直到老态龙钟接近死期的那一天才会孤独落地，慷慨赴死。实际上慷慨不慷慨我是不清楚，反正这样的一生是挺悲催的，一直飞着多累，都不敢落地，老想着一落地就死掉了，高高在上地挣扎一生，想想就悲剧。

话说那天我和大胡子被留在原地，等待另一架直升机来接我们的时候，我心里脑补了各种各样的画面，比如一会儿到了宿营地要怎么跟别人打交道。走的时候老板千叮咛万嘱咐，让我到宿营地一定要勤快，要时不时地问问别人有什么可以做的，千万不要去了就坐在那儿吃饼干喝茶水。我当时心知肚明地点点头，心说我们从小到大都是这么被教育的，放心吧，不会给你丢人的。旁边的大胡子跟我一样是菜鸟，却看起来比我还紧张，隔着满脸的毛发我都能感受到他那哀莫大于心死的不安，好像对着我这么一个黄毛丫头，他变得非常没有信心今天能安全抵达宿营地一样。

结果比较滑稽，直升机呼叫我们的时候，大胡子还呆呆地站在那儿看天，我赶紧示意大胡子拿起对讲机回应，结果飞行员告诉我他们也回基地，不需要我们在宿营地过夜了。我抓了抓头发里面细碎的小砂子，想到可以回去洗个头心里真是无比喜悦，迈开我的小短腿费劲地爬上直升机捆好自己的安全带，用眼神跟这片光秃秃的大地说“拜拜”。假如我说坐直升机的感觉跟坐拖拉机差不多的话，会不会有人嘲笑我没见过世面？反正直升机坐起来并没有多舒服，但架不住我实在是有些疲劳，居然就这么颠颠簸簸地睡着了，迷迷糊糊地看到飞机就这么跨过了冰封的罗斯海，偶尔裂开的冰块下蓝绿蓝绿的海水透出勾魂摄魄的动人颜色，令人心旷神怡。幻想着假如能扎个猛子，跳入大海，那片醉人的蓝色下会不会又是另一个天地，有着另一个传说。

摇摇晃晃的一声响，直升机就落地了，半梦半醒间还要假装自己完全清醒地跳下飞机，拖着20多斤的背包甩到大卡车上，结果自己爬上去却成了大问题。大胡子看到我有些好笑地站在卡车旁边研究从何下手，笑了笑朝我伸出一只硕大的手掌，我也没客气，扯着就被拉了上去，不禁感慨了一下，到底是他太有劲儿还是我瘦了，从来没觉得自己的体重可以让别人这么轻易地给提起来。大胡子冲我默契地笑了笑，好像刚才我们俩共同经历了半个小时的孤独之后，与我也熟了起来。

回到实验室才发现大家都还在实验室里处理着今天采样结束之后的工具和样本，顿时觉得我们才是那种不停飞的鸟，没有时间休息。师姐看到我们回来，从她抱着的一大堆瓶子后面探出脑袋来笑了一下，我立刻丢下书包接过上面一部分瓶子。看到有序运转的每个人，还有办公室里手指在键盘上开始跳跃的两位老板，我就绝了直接回去洗澡睡觉的想法。真的干起来倒也没什么，只是发现每个人眼神里都是空洞的，麻木地做着手里的工作，没有人讲话，也没有人抱怨。时间有限，我们必须抓紧每一分每一秒，但人身体的疲劳自然也不是假的，于是只能这样咬着牙坚持下去，不知道那种一直飞在天空中的鸟飞行的时候是不是一样也是如此身心俱疲。

回到宿舍的时候已经又过去了四个小时，我拖着已经几近报废的身体去洗澡，觉得眼睛都睁不开了。科考站的水资源非常宝贵，每次用水我们都非常注意，洗澡的时间最好不要超过十分钟，水的流量也控制得很小，没有什么舒服的感觉，我只能尽量把身上和头发里的沙子冲掉，随便洗洗就冲回了床上。听说大老板因为心情很好，还到酒吧去喝了一杯，我不得不佩服老太太的情怀和体力。

抱着从食堂打来的热茶，我端坐在被窝里和网上的各路英雄好汉聊着天，冰箱里还有前一天准备好却没有吃掉的野外午餐，想了想还是没有把它留在那里，索性拿出来吃进肚子里，不要浪费这么宝贵的粮食。不要问我做这些事情的意义何在，也不要问我这些经历将来能帮我找到好工作吗？我只是觉得现在走过的路，都会成为我美好的回忆；现在追逐的梦，都会成为我人生不可或缺的财富，我愿意做一只永远不落地的飞鸟，迎接暴风骤雨的到来，感受阳光温润的洗礼，我会继续骄傲地歌唱，直到生命的最后一刻。

就这样，晚安，我的南极大陆。

孤独却不寂寞

默克莫多科考站像一处平凡无奇的小镇驻守在地球的南边大陆，没有热闹和喧嚣，更没有光怪陆离和灯红酒绿，镇上的居民无一不是工程师和科学家，每个人在这里都有着看似很不起眼却又意义非凡的工作。

不像斯科特那么惨，我们现代的科学家已经可以享受比较优良的后勤服务，比方说我们不需要待在帐篷里，简易结实的宿舍楼和实验楼里有充足的温暖的空气，饮用水和食物一应俱全，没有重大的自然灾害和意外的话，只要待在科考站里基本上是不需要担心自己的生存的。

第一周的飞行计划安排得非常紧凑，大老板的意思是在第一周飞行的时候出动全体人马，尽可能多地采

集样本，第二周则派小队去野外，并轮流留在实验室里进行样品处理。于是我们中间没有休息，在第一次去野外之后就赶上了第二个好天气，于是我有了第一次在冰架下面安营扎寨睡帐篷的帅气经历。

▲ 冰架顶端，世界尽头的巅峰

作为一个户外运动爱好者，睡帐篷也不是第一回了，有经验的人知道如何精简自己的行李，因为野外有些东西你绝对是用不着的，也没有条件用，比如卸妆水、护肤品和面膜。一大早，我装上了纸巾、牙刷牙膏和各种能够简易清洁的物品到实验室集合，跪在地上想办法把它们通通塞进我的背包，加上刚才在食堂拿上的午餐（饼干、面包和果汁），给自己冲泡了一大瓶热巧克力，

▲ 我的小帐篷

到登机处称重的时候总共23磅（10.45千克）。虽然明知道手机没信号不能用，可还是装上了充电宝，到实验室抄起一只充满电的对讲机以防万一，在野外有一只对讲机或者卫星电话有时候是可以救命的，鉴于卫星电话实在是比较硕大，我更倾向于把一只对讲机别在裤腰上。卫星电话就由组里的男生负责扛起，用来对抗没有信号的恶劣环境。

直升机每天安排的行程是综合整个科考站的需求制定的，比如有多少人要去某个地点、需要多久、总共几个地点等等。我和另外三个学生第二批出发，因此我们比第一批出发的倒霉鬼多睡了一个小时。直升机分两种，一种能坐四个人，一种能坐八个人（包括飞行员）。八人直升机的最大载重量是每平方英尺100磅，至于直升机一共能负重多少我也不太清楚，我能感觉到的就是坐满八个人真的非常拥挤，每个人都穿那么厚的衣服，系个安全带都会出一脑门子的汗。

总是睡眠不足，我养成了在直升机上睡觉的好习惯，颠颠簸簸了40分钟左右到达了我们今天的采样地——欧爱拉湖（Lake Hoare），这个地方位于加拿大冰川的东边，比较靠近泰勒山谷的中间部分，土壤相对潮湿，内部的微生物群落也相对活跃一些。老板们在这个地方做了一个模仿大气变暖、湿度增加的实验，于是许多年都必须对这里的土壤跟踪采样，观察其中的微生物群落以及土壤成分的变化。大概进行了4个小时，取样结束，老板告诉我，湖对面就是我们的宿营地，我一看，好家伙！正好在冰架的下面，几顶孤零零的帐篷迎风招展。等直升机的时间总是格外漫长，因为不活动就会开始感到冷，于是大家开始拍照、倒立、打马车轱辘，做着各种各样的保暖运动，我甚至还做了一套第八套广播体操。大胡子在地上打了马车轱辘，老板说：“嘿，这是我在南极见到过最标准的马车轱辘了。”我听了就非常不服气，于是也跑到一边做了一个，结果双手撑地才发现衣服太厚重，腿根本不听使唤，一屁股坐在地上，看着对面的大湖和山顶的积雪，只觉得有趣。两个老板跟我们闹了一会儿就干脆自顾自地走开了。

我们取样的地方和宿营地中间隔了一条河，冰封得看起来非常厚，老板告诉我，有一次他们不得不从湖上步行走到宿营地，看起来很厚的冰其实星罗棋布着各种陷阱，他当时一条腿整个掉了进去，湿着一条腿好不容易才走到了宿营地。那一次是直升机把科考队放在这里之后，天气忽然变得无法飞行，于是没办法按照原计划接他们飞到宿营地，科考队当时也没有带过夜的装备，于是只能徒步过河了。老板带着我走到河边，我小心翼翼地踩了一脚，发现冰面下有许多小气泡，冰层虽然非常厚但并不均匀，难怪他当年踩着踩着会掉进去，尤其是疲劳的时候更容易出现意外，加上这条河并没有想象中的那么窄。南极大陆上的冰并没有想象中的那样雪白没有杂质，反复冻融让这些河水都混合着土壤和小石头，不算是冰清玉洁，可水里却什么都没有，连水草都没有，只有水和土壤。相比之下，南极冰雪高原靠近海的浮冰就漂亮多了，大块大块壮美的白色堆积在入海口，蓝色的海洋伴着阳光把有些靠近海面的冰块映衬成醉人的蓝色，哪怕是坐着船游览一圈，也有着看不尽的美丽、拍不完的风景。我抬头看了看天，确定天气还是不错的，至少今天不需要我们生生地渡河了。

一个多小时之后，直升机终于“突突”而来，几分钟就把我们运到了湖对岸。宿营地展现在我的面前，这个宿营地在科考站非常著名，尤其是食物和烤饼干都是一绝，听说经常有飞行员专门停在这里就为了吃几块饼干和点心。主营地是一间房子，隔开两个房间，一间里面有两个上下铺的床，是给宿营地工作人员居住的，另一个房间就是兼具了厨房、餐厅、客厅的功能。这里的能源全部来自于厕所的废料燃烧，环保利用不浪费，也因为这个，这里的厕所被称为火箭厕所。

来到宿营地的人都必须要睡在帐篷里，风景好的当然优先分给老板，我就睡在距离厕所有些远的冰架下面的帐篷里。抬头就能看到冰架，还有几块冰掉落在地上堆出一个一个的小尖尖，走近点儿就能用手碰到冰架，阳光下快速融化的冰架脚底出现了一条愉快的小溪，潺潺流过成为这里唯一的声响。路过那个小帐篷，我心里默默怀疑，你行不行啊？看你这风中摇曳的姿态，万一我晚上冻死了或者被吹走了可怎么办？事实证明睡袋还是很暖和、很坚挺的，我并没有冻死。

在宿营地的时间有些无聊，因为没什么事情可以做，大家都坐在主房间的餐桌前等开饭，主厨也是工作人员之一，听说已经在这里工作了十几年了，一位白人大妈，人很好，看起来却有些凶，据说厨艺不错，当然是按照西方人的标准来判断。她给我们讲了许多故事，大部分都是关于科考队的，她在这里几乎奉献了她的一生，她说她从不寂寞，因为她知道自己在做什么，她知道自己的价值，这里的人需要她，所以她爱这里的孤独，爱这里的风和水。

晚上终于尝到了传说中好吃到飞起的晚餐，那半生的牛肉吃得我实在是“心潮澎湃”，好在鱼肉异常鲜美。我去拿鱼肉的时候，大妈在我身后说：“这个是给不吃牛肉的人准备的。”我心里咯噔一下，不给吃吗？后来我想，谁知道你还有鱼肉啊，不然鬼才吃这还滴着血的牛肉。我愣在那里有点儿尴尬，牛肉不好再放回去，就听见大妈说，当然你也可以都尝尝。于是我才欢天喜地又小心翼翼地切下了一大块。

推杯换盏间，每个人都很高兴，喝了啤酒的大家有些微醺，唯有我还惦记着刚才那块味道无比鲜美的鱼肉，后来那一大块布朗尼吃得每个人都肚满肠肥，满足异常。

晚上躺在我自己的那顶小帐篷里，听着外面呼呼的风，好像要告诉我它的故事一样，光明在这个季节永远不会退去，我只能依靠闭眼来带给自己黑夜的感受。一个人的帐篷，孤零零地在冰架下立着，我想着这些坚守在这里的人们，他们说自己从不寂寞，虽然有时候会感到孤独。

我想，做科学家是不是都会这样，慢慢接触到艰深的知识，慢慢瞥见世界的真相，慢慢抓住自然的端倪，在这场注定孤独的旅途中，我们能做的就是坚持最初的梦想，让自己的心不至于因为孤独而寂寞。

英雄，我为你歌唱

加拿大冰架，从飞机上看起来并没有多大，站在它脚下才能感到自己有多小看它，弯弯曲曲地望过去好像根本没有尽头。不知道斯科特当年面对一望无垠的南极大陆时，是不是也是如此一般光景。那位伟大的英雄，当年在这里留下了自己的一位队友，最后也把自己的灵魂永远留在了南极大陆上，冰架好像有灵魂一样在我的对面看着我，冰凉的白色却让我感觉不到一丝冷意。我掏出手机来自拍了一张，背景中的巨大冰块反射着光线让我觉得自己的脸上都出现了许久未见的光明。

住在宿营地那天吃完晚饭后，我们约定要去攀登近在眼前的加拿大冰架，老板带队，我们一路走一路爬，一路拍摄，在沿途的几个经典地标都留下了学校大旗的身影。一开始走得还算顺，结果越来越湿滑的土壤和锋利的石块让我连站稳都困难，只能手脚并用地爬起来，一边哼哧哼哧地爬，一边感慨自己的身手敏捷。到了冰架上面就需要穿上特制的冰鞋（钉鞋）以防滑倒。整个冰架非常广阔，一马平川，一览无余（我真的很喜欢这个词儿），山顶温度很低，甚至飘着雪花，刚才爬上来出的汗全部结成了冰。对面的山谷弥漫着白色的雾气，深邃的悬崖边儿，让人不敢直视，虽说是夏天，可这里所有的颜色都是肃杀的灰白，透着一股子世界尽头的冰冷。冰架延展面积非常大，上面的冰同样也不是特别均匀，有一些地方留下了坑坑洼洼的积水，时而上冻，时而流淌。由于移动和山体接触，冰架上有时候会忽然出现一块石头。四周的山谷虽然险峻，视野却无比开阔，张开嘴喊也不太能听到回声。意大利小哥爬到一块巨大的岩石上照相，说自己登上了世界之巅。

天空中飘着的乌云快速移动着，风速加快，整个开阔的空间却给人不一样的压迫感。第一次登上冰架顶峰的我被这种感受震撼到了，这片原始大陆在我面前展示了最纯净的自然，头发上结的冰融化成水敲打着我的脑门，好像要把什么久远的信息注入我的大脑一样，清澈无比的思想少有地展现在眼前。我轻轻哼着不成调的曲子，用手抓着无形无色的空气。每一个追逐梦想的人都是自己的英雄，都应该被歌唱，而我，也将成为人生的英雄。

天气慢慢阴沉下来，老板担心不必要的变故，就集合我们准备下去，沿途看到了一条一条的冰柱垂在冰架边儿上，因为有着6000年的历史，被称为上帝之水。我们也掰下来几条吃吃看，味道果然——嗯——和普通的冰并没有什么不同。下去的路比上去容易了许多，蹦蹦跳跳就到了最下面。等到我们回到帐篷的时候，已经是晚上11点半了，当然天丝毫没有黑的迹象，这就是极昼的魅力。经过一夜的折腾，我把自己塞进睡袋，把所有的衣服都盖在睡袋上面，把自己跟个卷饼一样包了起来，动弹不得，非常暖和，一觉醒来就6点半了。

第二天本来是要到邦尼湖（Lake Bonney）采样的，结果却因为科考站那边有大雾导致直升机又无法起飞，我们只好百无聊赖地坐在房间里，我看小说，有些人在玩牌，最后我们不得不再去爬一次加拿大冰架，以便不浪费这番美景，还别说，天气晴朗下的冰架心情好像比昨天好了许多，明媚的冰面看起来像一个大的滑冰场。等到了中午，得知我们下午就可以出发，于是中午特意多吃了些。

由于少了一个上午，工作量变得很大，取样处理都要在取样点完成，我们分成三个小组同时进行。风很大，吹得每个人都满地乱跑，还要抓住手中的东西不被吹出去，真是天公不作美，笔记本和袋子被吹得四散而去，搞得我们在后面穷追猛撵，毕竟不能留下任何东西在南极大陆上。几个小时过后，终于完成全部工作。直升机仍然要分两批回科考站，老板要求我和他以及另外两

▲ 上帝之水

名学生留下，虽然和原本的计划有差别，但是我也没有什么异议。

飞回去的过程中，飞行员姐姐带我们飞到了企鹅聚集地，往下看去，一群一群的企鹅集体跳海真是太可爱了，还看到两只特别搞笑的企鹅看着对面那条鲸鱼，一动不动地摆着pose，仿佛在说：“哈哈，看啊看啊，那边儿有条鲸鱼，我们先别下去，不然就被吃掉了。”回到基地的时候已经是晚上8点，结果还是干到了10点钟才回到宿舍，终于体会到床的舒服，睡过帐篷之后，宿舍都变得亲切了起来，人真是容易满足又不容易知足的动物。

枕着胳膊看着天花板，电脑里传来《千与千寻》的音乐，梦想如神隐，看似神秘无法抓住，实则终将刻在你心里，你忽视它也好，接受它也罢。梦，每个人都有，不分大小，只有实现或者荒废。大多数人呢，不过是不甘平庸，却又不敢尝试辛劳，我呢，趁着年轻多折腾一下，先把路给走了再说，至于结果如何无法确定，但至少知道，自己到了70岁的时候，想必不会后悔曾经如此在这个世界走过这么一遭。

我生命中的英雄啊，你听到我的歌声了吗?

第八章

世界是一条简单的食物链

用最通俗的方式解释食物链的含义：大鱼吃小鱼，小鱼吃虾米。这是自然界最基本的生存法则，万事万物的能量来自于源源不绝的太阳光，植物的光合作用产生糖分，动物把植物吞进肚子里获得营养成分来成长，大的食肉动物靠猎食其他小的猎物来更快更有效率地完成代谢，最终的最终，所有的生物都将走到生命的终点，把自己从自然获得的一切还给这个世界，要么还给海洋，要么还给大地。假如说一场捕猎不是为了生存，那就成了杀戮，成了毫无理由浪费自身能量的行为，仔细想想，我们人类是不是经常做这种事情，而且做得不亦乐乎。

企鹅，你真的很臭

在南极的第二周，我们开始了以小队为单位的工作，四个人留守，三个人去野外。我作为一个菜鸟+女生，被理所当然地留在了实验室里。没什么好懊恼的，实验室里的工作因为上一个星期采来的样本，变得格外繁重。从一大早8点钟开始，我们几个人就分配了各自的岗位开始最初级的样品处理。所有的样品都必须在一定时间内洗干净，将其中的生物部分提取出来，这个看起来最繁杂的处理步骤，实际上也最为重要，也影响了后面所有高大上的实验进展，因此没有一个人会怠慢。

站在水池前超过5个小时之后，我感觉自己的背开始渐渐地麻痹，伸伸胳膊伸伸腿，让血液带着氧气往我的神经末梢移动一下，脑袋就会清醒不少。旁边的女生看到我动来动去，笑嘻嘻地问我需不需要跟她换一下岗位，我看着快要到中午的时间摇了摇头，下午再换吧，不然还要挪来挪去，太麻烦了。站在水池边我还戴着防水的围裙和手套，脱下来也是费工夫，还不如坚持到吃午饭呢。一天处理80～90个样品是正常的速度，我们也懂得劳逸结合，为了不让大家因为长时间重复同一个动作而出错，实验室里响彻着能震碎耳膜的美国摇滚，就我的听力水平是完全听不出来喇叭里那个好像美国沧桑大叔的人在嘶吼些什么，只是觉得这个大叔一定一脑袋长发，满脸胡子，粗壮的手指拨动着吉他弦，口中高声呼喊着自己的宿命和绝望。在美国这片什么都不缺的热土上，人好像都特别容易需要精神发泄或者精神疏导，总觉得国内的摇滚距离世界水平有些许差距，是不是因为我们的生活里还有太多琐碎扯了纯粹精神领域的后腿呢？

老板带队出去采样要在外面宿营四天才会回来，于是整个实验室换大老板发布命令，我提到过大老板是一位美丽的老太太，纤细修长的身材、金色的头发、尖尖的下巴和深邃的眼眸，加上傲人的智商，让我觉得这个女人年轻时该是怎样的美丽和骄傲。而如今她的骄傲仍然能让我们这群小屁孩折服，可岁月也在她的美丽上写上了年龄。老太太下午来视察工作的时候发现我们进展神速，于是就非常高兴地问我想不想去看企鹅。

午饭过后，我被换到了可以坐着工作的地方，比起上午的疲劳实在是轻松了太多，听到大老板这么问，我挺高兴地点了点头，看企鹅当然好过在这里看显微镜了。一个是为了科研，一个是为了观光！大老板看向师姐，说让师姐等一下带我们一起去看企鹅。我问看企鹅群的地方能不能走过去，大老板那双漂亮的眼睛调皮地闪了一闪说："可以啊，那我们明年再来的时候过来接你走。"说完哈哈笑了起来，师姐配合地也在一边给我解释，企鹅的聚集地在地图上看也许不远，实际上应该还是要坐直升机才能到的。看着大老板的脸，我忽然就感叹这个小小的实验室不是也有"食物链"吗？而我这个菜鸟当然就是食物链底端的那个生物，唯唯诺诺、小心翼翼地做着每一件事情，出错的代价自然不

会是被吃掉，但是就算是被别人嫌弃也会让我非常不愉快，毕竟人活到这个岁数，要的不就是个存在的价值吗？

我们当然不可能跑到直升机那里要求别人带我们去参观，科研任务繁重，时间如此紧迫，玩耍是肯定不行的。于是师姐就带我们去了一个比较远的山丘，说是经常会有企鹅跑到这里来，想要在基地看到企鹅的话，那里就是绝佳的选择，当然也需要绝佳的运气才行。我问他们，企鹅为什么会跑到这么远的地方？他们说，总有些企鹅会迷路，然后晕晕乎乎地就走进科考站来。果然，长得萌的企鹅，智商经常不在线。

▲ 远处的破冰船

得到大老板的许可之后，一行人带上照相机和水，裹上围巾就往外面走去，大风大太阳，南极大陆的一切都给人一种霸道的感觉。沿途看到了破冰船靠港装卸物品，师姐告诉我，这里的破冰船也是为了帮马上夏季要来的海洋科考队提前探探路的，另外也给科考站送些补给过来，我顿时就脑补到今天食堂是不是有新鲜的食材做晚饭了。走了一个小时左右，越过小山丘，沿着已经被很多人踩出来的土路，我们抵达了罗斯海的悬崖边，靠近岸边的冰看起来还是很厚很厚，顺着东边的方向就是企鹅的聚集地。只有在需要到那里去取样的时候才能名正言顺地过去和企鹅玩耍，如今我们这些被“困”在科考站里的人们就又一次只能望洋兴叹了。

所有人端着照相机严阵以待地看着远方，我们几个手机“摄影师”则是伸长了脖子使劲儿看着企鹅可能会出现的方向。虽然我也不希望它迷路，可又实在想要见到它，即便没有信仰，我也开始默默祈祷。等了大概半个小时，眼尖的我就发现远远地出现了一群小黑点儿，以肉眼可以判断的速度向我们这边挪动了过来，我指着那群黑点儿问道：“那是不是一群企鹅啊？”还没听到回答，身边几个女生已经开始欢呼了，直说“我们运气真是太好了”，没等我缓过神来就被拽着往靠近黑点的方向跑了过去。我们上蹿下跳，完全看不出我们是在山坡上，沙地上的不方便完全没有阻挡我们的速度，直跑到不能再近的地方，我们才停下来，再往前真的就得跳海了。企鹅不太悦耳的叫声夹杂在风中传到我们这边儿，顺带过来的还有一小股淡淡的臭味儿。我皱了皱眉头，师姐说这是企鹅的味道，要是到企鹅聚集地那个岛就更臭了，怎么躲都没办法把自己藏在这股恶臭的空气之外。听着企鹅在不远处叽叽喳喳地叫着，我想在企鹅的聚集地一定也会有着非常吵闹的动静，上千只企鹅聚在一起各种叫唤，各种跳来跳去，难怪照片里的企鹅总是显得格外呆萌，毕竟无色无味无声之下只看外表，企鹅卖起萌来还是很有一手的。

这一小群企鹅不知道为什么会组团“迷路”，它们站在冰面上，叽叽喳喳地叫着，好像在讨论谁第一个走错了路。有三只站在裂开的冰口，探着脑袋寻思着什么，是不是在考虑要不要跳下去游走呢？剩下的三五成群站成一个小圈，有一只好像发现了我们这群站在山上的人，居然朝着我们摇头晃脑地走了过来，一边还仰着脖子看向我们的方向。我们对着它招手，不敢说话怕惊扰了整个企鹅群，就看着它有些笨拙地一晃一晃地往前走。身边的女生把镜头伸得好长，整个人趴在地上开始拍摄。忽然后面有一只大企鹅朝着它飞奔过来，一巴掌就招呼到了它后脑勺上，前面本来就不轻便的企鹅扑通就倒在了地上，还用肚皮往前滑行了一段距离，傻乎乎地站起来看向身后的大企鹅。我们都以为它们会打架的时候，前面这只企鹅居然垂头丧气地往大企鹅身边走去，一边走一边还低声叫着，好像在说：“大哥，别生气，我这就回去，你看山顶有奇怪的东西盯着咱们呢！”

冰上面除了这么一小群企鹅外，还分散地趴着几只慵懒的海豹，大腹便便的样子，如果不仔细看，就像是一坨一坨的腊肠铺在冰面上，这生活实在是太悠闲了一点儿。不过想到大海里处处充满着来自虎鲸的杀机，我又释然了，这些庞然大物生活得好简单，却也有着简单的食物链，就像企鹅一样，虎鲸眼里的它们可没有我们眼里这种宠物萌，看起来应该就像一个个肥美多汁的棉花糖吧，一口一个无压力。

之前有些靠近极圈的居民会猎杀海豹，寝其皮食其肉，对这种生活方式我是没有意见的，可是发展到后来就变成了许多居民用海豹皮去换取高额的利润，毕竟人类越来越有闲情逸致去占有那

▲ 欢乐的海豹

些其实毫无意义和价值的皮制奢侈品。我不赞同有些人一看到照片上有血就大放厥词地站在正义的制高点上，当然我也不同意那些隐藏在黑暗中的毫无理由的猎杀。超出生活成本的猎杀除了满足人类日趋变态的贪欲外，没有什么价值，如果是那样为什么非要如此剥夺别的生物的生命呢？

企鹅在我们眼前停留了一阵子之后，一只接着一只地跳进了海里，深不见底的蓝色包裹着它们小小的身躯前进，前方也许有食物，也许有配偶，也许有死亡，大自然就是如此美妙地谱写着和谐的歌曲。想起一次我们学校组织的青少年夏令营中有过这样一次对话——

那是在一幅虎鲸猎杀企鹅的照片前，一个小姑娘走过来问我们：“企鹅这么可爱，为什么这条大鱼要吃它？”

“因为大鱼肚子饿，所以要吃掉企鹅。”

“可是它为什么不吃别的东西呢？比如吃胡萝卜？”

“海里没有胡萝卜。”

“那，反正它不应该吃企鹅，企鹅那么可爱。”

“那长得不可爱的动物就该死掉吗？”

“嗯……我不知道，反正它不该吃企鹅。”

面对小朋友，我们无法告诉她企鹅和虎鲸一样都是生物，只不过它们处于食物链的不同位置，企鹅也会吃掉那些比自己弱小的可爱的小鱼，而虎鲸也可能会被比它还要强大的鱼类猎食；我们也无法告诉她对于虎鲸来说，吃掉一只企鹅能够补充的营养超过吃一吨胡萝卜，对于消耗能量过大的大型哺乳类来说这才是有效的进食策略；我们也无法告诉她为什么人类会主观地判断其他生物“可爱”与否，并企图决定它们的命运。所有的一切在小孩子眼睛里都是浪漫的，没有道理的。当然我也希望她长大了之后能够明白这自然界最自然的定律，而不是曲解它，忽视它，背弃它。

企鹅全跳进海里之后，我们在山坡上稍作停留准备打道回府，远处的太阳是不可能落下海平面的，金灿灿地照耀在头顶，天空中还有时不时飞回来的飞机。我呼吸着没有了企鹅便便味道的空气，果然还是一片清新，广阔的世界果然可以稀释任何一种味道，哪怕多么浓重的痕迹都敌不过大自然大手一挥，多么美好，多么残酷，多么值得我们尊重和遵守。

碧波荡漾，一摊一摊的海豹

在南极科考站活跃着这么一群人，他们骑着冰上摩托风驰电掣在白色的大地上，呼啸而过的时候带着不羁的风和洒脱的情怀，他们就这样年复一年地穿梭在这片静默的冰面上，从结冰到消融，再到冰封，再到化整为零，我们把这群人叫作——“海豹突击队”。第一次遇见这群人是在我们外出采样的途中，他们一队有八个人左右，刚好是一只标准南极科考组的组成人数，每个人胯下骑着一辆我梦寐以求的冰上摩托，就是用雪橇代替了轮子的那种摩托车，我不止一次看到这些坐骑停靠在科考站内，跃跃欲试总想要上去一试身手，可总是担心被什么人给抓到，所以每次也都只能用眼神狠狠地看好多眼，然后脑补

自己在上面英姿飒爽的雄姿。

作为土壤组的我们，其实接触大型动物的机会非常少，最经常看到的就是实验楼里镇守在走道左右两边的两只企鹅标本，我总怀疑这两只企鹅的作用是不是跟我们常用的石狮子有异曲同工之妙。一个实验楼里各种科考组都有，免不了碰到一些动物研究小分队，比方说只要楼道里出现了莫名其妙的味道，那肯定是动物组采样回来了，不能带回活体的他们，总是会捡回来一些便便啊、血液样本啊、呕吐物什么的，每次我闻到这股味道的时候都在心里默默地点赞，研究这些的科学家对他们的研究对象绝对是真爱啊。

初夏的南极洲大部分的冰还没有融化，却已经露出了纵横交错的裂纹，我不止一次地描述在这些深不见底的深海中可能隐藏着巨大的秘密，也或者什么都没有。可是在冰面上出来晒太阳的海豹还是经常能看到的，我见过一次海豹的幼崽，通体裹着雪白的绒毛，只有鼻子和眼睛闪着漂亮的黑色，小小的鳍和圆滚滚的身体像极了一只糯米团子，可爱到爆炸的脸上还会露出类似笑容的表情，叫声极尽卖萌之能事，总之是一种让人看到就融化了的可爱生物。上次在冰面上，一只“糯米团子”莫名其妙地向我们移动过来，圆滚滚的白色卷起冰上细碎的雪，黑色的眼睛，鼻子两边还有几根胡须，我猜想它会不会是肚子饿了，于是问他们这家伙吃什么呢？结果有个动物组的学生告诉我，野外是不能投喂的，它大概是跟妈妈走散了，而且这东西特别亲近人，只要你悄悄靠近它，它会很愿意跟你玩耍。那年他们为了拍到可爱的海豹宝宝在雪里面趴了5个小时，直到和环境融为一体才拍到特别漂亮的糯米团子。都说岁月是把杀猪刀，后来每次看到冰面上趴着的黑黝黝的又长又大又肥硕、叫声如牛的海豹时，真的很难把这两种画面联系在一起，唯有心碎。

“海豹突击队”的科考队员几乎每隔一段时间就要去野外记录海豹的生理数据，海豹种群的数量变化可以从一个侧面反映这片栖息地的食物总量、问题变化等大生态问题，除此之外对于野生海豹的保护也在进行中，靠近南极洲的海豹被人为捕杀的可能性大大降低了，毕竟跑到这里来猎杀海豹的成本实在是有点儿高，得不偿失，因此这里的海豹可以更好地为科学家提供一些研究素材。海豹和企鹅一样，基本上有着一些固定的栖息地，顺着之前的坐标，科考组可以很容易地找到那些种群，他们每次基本上是分成三组，每到一个栖息地，就有一组停下来搜集他们需要的数据，其他的组继续前进，中间用对讲机联系，以确保整个组在安全的情况下完成各项生物学调查。

在入海口的帕默尔科考站常驻着一些海洋生物学家。在这里给大家做一个小科普，企鹅和海豹都属于海洋生物学的范畴，因此我们才说真正的南极陆地生物只有我们研究的那些线虫、轮虫等微小生物。根据活动范围来确定生物的种类也是一种不错的方式，鉴于企鹅和海豹在陆地上的时候基本上没有什么特别的事情，而它们到了海里却展现出完全如鱼得水的一面，因此海洋生物学家就把它们归到了自己的研究领域。帕默尔科考站有一组企鹅科考组，他们记录了南极附近的五个大的企鹅生物群，每隔几个月都要去观察一次，可据说有一次他们怎么都找不到第五个企鹅群，虽然这个群在气候变化中不停地减少，可他们无法相信这么大的一个种群真的就这么消失了。他们花了几个月的时间，多次派出小队搜索，最后终于在靠近海岸的悬崖峭壁上找到了这个群。一个瘦高的女孩子告诉我们，他们寻找这些小东西有时候是非常危险的，因为它们喜欢攀爬且耐摔，所以总能找到人类不容易抵达的地方待着，每次出去他们都要格外小心，即便如此，摔伤骨折什么的都是常事儿。这个女孩在这里已经工作了三年，每次听到这些我都肃然起敬，这些人为了守护心里认为值得的世界，为了探索这个世界不为人知的一面，可以在这种恶劣的环境下坚守这么长的时间，我扪心自问是做不来的，因此我只能表达我的敬意。

海豹突击队的队员回来之后卸下他们的各种装备，有几个男生坐在实验楼外面的架子上聊天，看到我们热情地打着招呼。这里的科学家都有着不一样的性格和怪癖，但唯一不变的是人都很好，也很热情，只要你不踩到人家的雷区通常还是非常好相处的。他们问我们采样进行得怎么样，我们便也顺便打听他们的海豹宝宝还好吗，他们哈哈大笑地称呼那些海豹是“可爱的大家伙”，说它们在夏天这个时候会花很多时间待在冰面上晒太阳，但是一下海，这些看起来反应迟钝、行动力有限的大家伙就变成了某些小生物的致命猎杀者，为了能够摄取足够的蛋白质和热量，它们每次猎食必须尽可能吃进更多的食物，并且要小心翼翼地不能变成其他猎食者的果腹之物。生物界比人类残酷多了，但是也美妙得多，至少它们不会有那么多的钩心斗角，长得够大够强壮就能有更多的后代，就能挑选更漂亮的配偶，基因不行的家伙就只能等着被吃掉、被淘汰，虽然残酷倒是也简单多了。

我们几个学生就站在架子旁，晒着太阳聊着各种各样的话题，他们有些经历我们无法体验，我们有些山谷他们也从不涉足，于是聊的话题就变得多了起来，也许是因为在这里的人终归是有些寂寞，聊起来没完没了，眼看着快到饭点儿了，居然还约着下班后一起去酒吧继续聊继续欢乐一下。因为这里不可能有过多的娱乐项目，所以最快乐的大概就是三五个科学家坐在一起，喝点儿小酒，聊个小天儿，然后昏昏沉沉地回去在无尽的白日里继续睡觉，第二天起来换上科学家的外衣继续守护这个地球。

你说，这些人，是不是英雄呢？

经过了在实验室高强度的样本处理之后，我们这些留守人员终于又迎来了去野外采样的小高潮，粗粗算了一下，我居然还能有四次去野外的机会。也许是这个工作季所有的事情都相对顺利，大家都按照时间表上的计划把事情一件一件完结，就留出了一些时间给像我这样并不需要大量样品，但假如能出去采样也很不错的人，让我能拥有几次感受南极沙漠和山谷的机会。

别的我不知道，只知道那个大胡子美国男生自从跟老板他们去野外宿营了几天后，回来整整一天都没见到人，好像是累得不轻，好在他的老板不是个难相处的人，便也由着他去了。不过我还是从大老板和老板的对

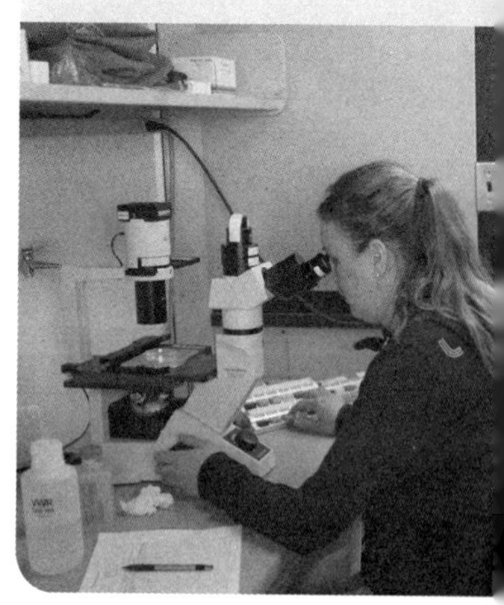

话中听出了些许意见，不过是难得的机会怎么能只用来睡觉，还是要来实验室做点儿事情的。我在心里默默念叨，果然是资本主义，人家累了那么多天还不许休息一天，太没人情味了。想是这样想，但我还是老老实实地服从组织安排，毕竟老板们也同样辛苦，却没有一天缺勤或者迟到的，有这么以身作则的老师带队，我们学生只能紧跟他们的步伐。

大胡子美国男生和普通的美国人一样，喜欢喝啤酒，喜欢看球赛（橄榄球和棒球），更有意思的是他和大老板喜欢的是一支球队，也因为这样他获得了礼拜天下午到酒吧观看球赛的机会，作为回报他要给大老板带回球赛的第一手资料，有时候大老板也会跟他一起去看球赛。每次看到美国人大聊特聊橄榄球的时候，都觉得这个文化我是实在融不进去，我也曾经跟着美国朋友去看橄榄球赛，却始终把球赛当成一场自由搏击对抗赛，至于攻防两支队伍的策略搞得我实在头大，后来干脆我旁边的人站起来欢呼我就也跟着欢呼，用大神的话来说，感受个氛围也是好的嘛。

▲ 实验室热火朝天

今天一大早我和大老

板的学生小艾（Ashley）准备出野外，飞行时间定在了早上9点，于是我们有了充分的时间做准备。见到小艾的时候，我惊诧于她的背包怎么会这么大一只，她当时神秘地向我挤了挤眼睛，我就没有多问。按照原定安排大老板今天是要和我们一起去的，可就在我们如火如荼收拾的时候，大老板哼着歌飘出办公室告诉我们，她今天的飞行计划取消了，于是今天就放飞我们俩自己去玩耍。实际上听到这个消息的我们俩都是非常开心的，但是小艾的开心转瞬即逝，直到离开实验楼的时候，我才终于知道为什么。

原来大老板昨天晚上告诉小艾，今天要和我们一起出去，让她多带点儿食物和水，这样大老板自己就不用背那么多东西了。于是小艾把所有的东西都带了双份儿，结果今天早上等装完之后要出发了，大老板才说她不去了，真是让小艾情何以堪啊！我有点儿同情地看着小艾，她比我还要小一号的身材背着一个几乎和她一样大的包，到了直升机登机处的时候称重，她的包是我的两倍重，看着屏幕上的数字我觉得她也是无力吐槽了。我当时劝说她把东西拿出来一些，但是她说东西已经都分门别类地归纳好了，实在是不想再大动干戈地拿出来，那样的话更乱，不过她还是告诉我，一定要先吃她包里的食物，这样可以尽量减轻分量。

更惨的是，我们当天并没有起飞，因为天气忽然恶化导致飞行取消了，我们俩背着东西回实验室的路上，我就感觉这姑娘要骂人了。好在第二天，大老板还是和我们一起出发，让她背了这么久的东西终于有了用武之地。

当天我们飞到了海拔较高的一处山谷，因为夏天冰雪消融，山谷里有很多积水，形成一个湖泊，看起来像是一面镜子一般，旁边的山倒映在湖中也形成了不错的景致。如果这里没有风的话，想必这个镜子湖会在这里待很久很久，我趴在那儿按下快门，天水一个世界，安静得不像话，美得让人不愿意打扰。大老板带着小艾去取样，我一个人拿着GPS开始采集我自己的样品，每一个在南极采集的样品都要有GPS坐标和重量，这些信息都要汇总报给科考站，用来控制整个南极的科研进度等等。我需要取的土样在土层下面10厘米的位置，因为那个位置的土壤湿度和温度都更适合微生物生存，也由于不在地表的关系可以免受强紫外线的照射。

拿出小铲子和样品袋，我穿着厚厚的衣服先是蹲着，后来就变成了趴在地上，因为上衣太厚实在是不方便弯腰，趴着反倒比较省劲儿，趴的时候还要注意尽量把手或者皮肤裸露的部分放在石头上，不要接触土壤，避免破坏小生态。靠近水源的土壤表面会有一层绿色的绒毛，可能是藓，也可能是蓝细菌，这些都是微生物存在的特征，别看这些东西不起眼，它们就是这片生态系统的一级生产者，其他的生物都得指望它们活着呢。我小心翼翼地挖出几块土壤放进袋子里，在袋子上做好标记装进背包。南极大陆的沙漠看起来稀松平常，可是经常会遇到冻土层，也就是你一铲子下去基本上是挖不动的，看起来应该松软的土地用年久坚硬的冰冷挑战着你的技术，我咬着牙摇晃着铲子开始往下挖去，突然想起一句话：这土壤下面的生物，挖地三尺我也要给挖出来！

许多人问过我为什么非要研究这种土壤微生物，当然除了体验南极科考这种奇妙的经历外，这些生物也有不寻常的能力。比如说它们可以在几乎没有水分的土壤里生存，忍受着全年冰冷的温度，甚至还要在紫外线照射下生长发育繁殖，这是多么神奇的能力，假如能够找到一些控制这种能力的基因或者机理，将这种改造用在别的土地上，把那些无法种植的土壤变成耕地，想必又可以养活许多人了吧。

再“好高骛远”一些，人们一直在探索太空，甚至尝试在太空里播种微生物来改造其他星球的环境，虽说这也算是生物入侵的一种，但是没办法，生物都是自私的，当我们掌握了命运的钥匙，我们没有理由不打开潘多拉的魔盒。太空中人们无法生存的最重要原因除了没有空气和水，再就是致命的射线，而科学家们已经在南极发现了一种可以在致命射线下生存的细菌，它们在被射线打断DNA之后的两个小时就能启动自动修复功能，这项发现令许多人颇为惊喜，虽然路漫漫其修远兮，但至少我们的技术的确在不断地进步，不是吗？

这些在地球上莫名生存的生物，它们的基因里带着某些不同的功能，这些基因来自哪里？这些生物又从哪里来？这些在地球上看起来不起眼的功能，会不会是这些生物祖先需要的技能？会不会反映着它们最初来的地方？会不会是我们人类最初的起源和最后的方向呢？

你看，我提了这么多问题，你想知道答案吗？

站在食物链顶端，心好累

青少年时期喜欢看那些关于天文和地理的书籍，当然这并不妨碍我还是成长为了一个路痴，就算记得住世界上最长的峡谷在哪儿、最高的山峰多高，却完全搞不清楚东南西北，每次跟别人说方向的时候，嘴里说的和手指指的完全是两个不同的方向。我自己也很奇怪为什么我对于方向这么混乱，每到一个新的地方总是会先标记所有的标志性建筑，以此来帮助自己记路，也就是说一旦我离开一个城市太久，而这座城市建设又太快的话，再次来到这座城市的我一定是一脸大写的蒙。

有方向感是许多动物都有的本能，不同于其他动物体内的生物磁，人类能根据更多的信息来分辨身处何方、该往哪个方向走等等。早在古希腊时期人们就懂得利用角度和影子的长度来判断目标物的高度，不得不说我们人类站在世界食物链的顶端不是毫无道理的。我们称自己为智慧生物，一来是我们有自我认知，二来是我们能够更充分地利用身边的资源和信息，这也使得我们能够改造这个世界，让它更适合我们生存。

有些人喜欢说人类并不在食物链顶端，假如把一个人放在森林里可能没几天就被老虎吃掉了，实际上这样说是不公平的。人类本来就是社会性的群居动物，就像狼群一样，单打独斗本身就不是人类本能的生存方式，假如真的是一群人生活在森林里的话，能够使用工具甚至发明工具的生物群，对于其他的野兽自然有着不容小觑的威胁。

坐在科考站的小咖啡厅里，看着人类一项又一项惊人的发明和发现：我们发明了电，把它变成我们的能源，让我们不再害怕黑暗；我们发现了火，使它成为我们的资源，让我们不再畏惧严寒。我们不断地探索这个自然界的各种规律，试图理解和利用这些规律来帮助我们稳住食物链顶端的位置。高处不胜寒，人类同样也会害怕有一天自己会毁掉赖以生存的家园，于是有了这么一批人，他们早在上个世纪就开始了对外太空的探索和殖民计划，他们尝试着发现跟地球类似的适合我们居住的星球，他们尝试在那些星球上播撒生命的种子，这么想想，站在食物链顶端也还是蛮累的呢！

很多年以前看过刘慈欣先生的短篇小说《赡养上帝》，讲的就是一个外星文明来到地球，说他们就是当年在地球播撒生命的“上帝”们，如今他们的文明已进入迟暮之年，所有的人也都已经在各项活动上出现退化，他们自己发明的东西和知识已经没有人能看懂，因为高度发达，知识早就脱离了他们的生活，探索也不再是他们的追求，因此他们的文明不再具有活力，当星球毁灭的时候，他们别无选择地坐上飞船逃离了自己的星球，或者说抛弃了自己的星球。刘慈欣先生大概想借着这个故事来警示如今的人类：如今的我们总是把科学探索寄希望于一小部分人身上，大多数人都坦然地享受着这一小部分人带来的生存福利，有没有人想过，假如有一天你失去了探索的热情，也就失去了自己年轻的动力，也许不久的将来就会把自己拽下食物链顶端的位置。

南极科考站有着约定俗成的小规矩，比如美国科学院的领导们会时不时地来这里视察，看看这里的科学家都做了些什么，评估政府每年花这么多钱维持这里的衣食住行究竟值不值得。于是我们经常会发现一些穿着不太一样的长者在餐厅里到处找人聊天，好像很随意其实都是一些官员在调查这里的实验情况。相对于和教授们聊天，他们更愿意跟学生聊，因为学生更单纯（或者说是天真），说的内容是他们更想知道的。每当这种时候我都会默默地想，假如自然界有食物链的话，那人类社会自己划分出来的阶层就是社会食物链，不管我们承认与否，人类社会的确存在特权阶级，他们不同于别的阶级，他们享受更多的资源和尊敬，但与此同时他们也承担着更多的责任和义务，位高权重固然可敬，可是铸成大错的可能性也大大提高了，更别提假如有一天跌下神坛该有多恐怖。在外面这么多年，我已经深深地明白，“痛打落水狗”这种风俗是不分种族和国家界限的。

有一天中午，我们非常正常地前往餐厅吃饭，就碰到了一位老大爷自发地坐在了我们桌边。老大爷热情地问了我们的研究方向，我看到大老板的眼神里闪现出谨慎和警惕，瞬间明白了这就是“特派官员”吧，作为菜鸟，对话这种事情一般是不会轮到我做的，我就默默吃饭，优雅微笑，他问到我，我就回答，剩余的时间就看前辈们表演。老大爷年纪不小，手指时而轻轻抖动，我猜测他是不是有些帕金森症的前兆，年迈的脸上一双矍铄的眼睛让人觉得特别不好糊弄。大老板示意小艾赶紧发挥，小艾只得放下手中的叉子，笑模笑样地介绍我们的工作内容，直说得老大爷眉开眼笑。我也学到了许多东西，比如怎么把自己的研究说得容易理解并且高大上，以及不要随便跟别人抱怨这里的生活之简朴，毕竟你来这里又不是来享受的。这顿饭吃得有些漫长，最后老大爷心满意足地擦擦嘴，就看到后面一个圆头圆脑的大汉向他走来，激动地握了握老大爷的手，整个表情写满了各种——怎么说呢——谄媚，对，就是谄媚，当然老大爷显然已经习惯了这种“尊重”，于是跟我们告别了之后就跟着大汉离开了。老大爷走之后的一分钟之内，我们没有人说话，而是互相心知肚明地笑了笑。

我，作为一个无名小卒，现在还在读的博士生，距离进入社会虽然还有一段时日，但已经把这些社会食物链规则摸得七七八八了，没有人喜欢被人踩在脚下，尤其是当你有能力站在高处的时候。我只能希望自己做一个对得起我付出的努力的人，做一个聪明的好人，做一个有追求有品位的科研人员，我希望获得别人的尊重，但我喜欢的是发自内心的对我本人的尊重，而不是对我将来可能坐上的位置或者是社会角色的尊重，那显得我太没有个人魅力了。

我要成为自然界的王，我要待在食物链的顶端，当然不是一个人，是整个人类。

第九章

藏 在
世界之巅的童话

不太清楚历史上从什么时候开始出现“宣夜说”，就是那个认为宇宙是无限的理论，但是“天圆地方”这个理论倒是可以从各种历史细节中找到痕迹。人类究竟是什么时候开始认为天是没有边的？统一的教育系统认为哥伦布的环球旅行证明了地球是个“球”，而假如地球是个球，那么也就没有什么长和宽，所以我总是喜欢称呼南北极为世界之巅，或者世界之边吧。传说中这几年之内地球的南北磁极将要翻转，引起整个世界的惊涛巨变，这也给了科幻小说家无限的想象空间和素材，然而我蹲在南极并没有发现什么异常，也许我早就已经丢掉了体内对于磁极改变的灵敏本能，听说古时候的女性甚至可以感受到来自月球的潮汐。

最干旱的沙漠

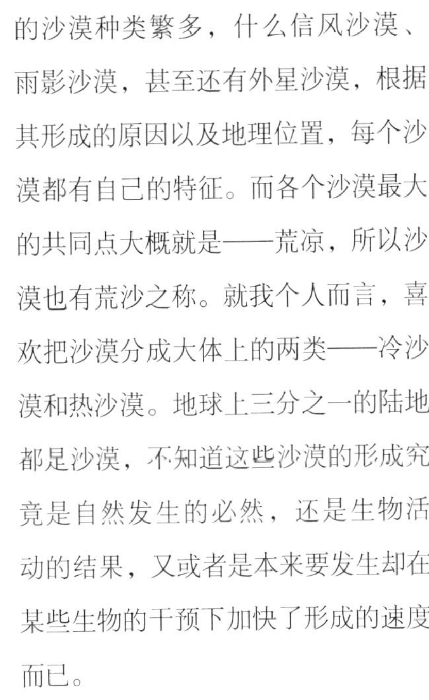

上网查查文献，你会发现地球上的沙漠种类繁多，什么信风沙漠、雨影沙漠，甚至还有外星沙漠，根据其形成的原因以及地理位置，每个沙漠都有自己的特征。而各个沙漠最大的共同点大概就是——荒凉，所以沙漠也有荒沙之称。就我个人而言，喜欢把沙漠分成大体上的两类——冷沙漠和热沙漠。地球上三分之一的陆地都是沙漠，不知道这些沙漠的形成究竟是自然发生的必然，还是生物活动的结果，又或者是本来要发生却在某些生物的干预下加快了形成的速度而已。

南极山谷里面的沙漠自然属于冷沙漠，每年只有一两个月处于适合微生物发育的温度，让这里的沙漠格外贫瘠。在写论文的时候，最经常用到的句子就是——南极沙漠是地球上最干旱的沙漠，其中的生物种类也是最为匮乏的。可见我们工作的这片土地有多么不浪漫，而就是站在这样的干旱上，加上风的声音却能让你听到地球最古老的童话。

那天，我如往常出野外一样坐在地上吃那难以下咽的三明治，地上时不时出现的尖锐硬实的小石头硌得我屁股疼，只好不停地扭动着找到一个最舒服的坐姿，或者用我发达的臀大肌在地上坐出一个坑来。吃完之后，身边的人都把自己盖了起来，闭着眼睛

▲ 为了防风看不出面目

等待着直升机的到来。我还不想躺下，于是就这么直直地坐着，眼睛看到对面的山顶还铺着一小块一小块的落雪，就像写意别致的地毯装饰在山的脑袋上。

忽然刮来了一阵风，山谷顿时起了雾，温度也变得柔和了起来，蓝天上顿时不见了颜色。为了不让风沙打击我已经非常脆弱的皮肤，我用手遮住眼睛好久，耳朵却听见远远地传来一串脚步声，我从指缝中瞄了过去，惊讶地发现一位白须冉冉的老者向我们走来，赶紧想要拍醒身边的同伴，却发现他们都不见了！我当时的第一反应是，难道说出现了幻觉？可老人一身灰色的袍子越来越近，我甚至能看清楚他的表情，带着微笑不像坏人。我想站起来，却觉得身体好像不受控制的样子，只好这么平静地坐着，看着他最后走到了我的面前，背对着阳光站在那里，让人很难看清楚他的面部线条。

“你是谁？”我当然要问出这经典的问题。

“我是地球的化身。”他用手捋顺了袍子坐在我身边。

“……你在搞笑吧，还是我睡着了在做梦？”

“就算你睡着了，为什么会梦到我呢？”

“可能太累了吧。你找我有事儿？”想了想自己大概是在做梦，那就跟自己的潜意识聊聊好了。

“没事儿啊，是你的潜意识把我召唤出来的，是你找我有事儿吧？”老人笑呵呵地看着我，让我忽然觉得自己的潜意识为啥是个老大爷，难道不应该是一枚帅气的小鲜肉，或者是仙女化的自己吗?

“南极为什么是这样子的呢?”反正闲着也是闲着，干脆开启了访问模式。

“南极，世界最南边的大陆，和北极连接着其他大陆不同，南极大陆是完全独立的一块大陆，因此生物群落也更加单一、更加独特。南极只有两个季节，夏季和冬季，你坐的这片沙漠几乎从来不下雨，湿度几乎等于零，南极常年的温度都在冰点左右，就算是好不容易下雪了，也不可能融化，于是雪就积少成多形成了冰层，整个南极大陆就是由冰架、冰盖和浮冰组成的，也被人称为白色沙漠。”我不得不说我的潜意识还是很博学的。没等我再发问，老人继续说:

“南极大陆没有绿色植物，唯一能作为生产者的生物只有藓类和藻类，它们制造着氧气，并且充当着食物链中非常重要的一部分。你们这一铲子一铲子地挖下去，不就是为了找到这里的食物链究竟是如何运作的嘛。既然系统如此简单，那就比复杂系统更加敏感，对于气候变化也有着指向性的作用，然而南极大陆的变化极慢，因此这些研究都需要至少以十年甚至几十年为单位来研究，想想有时候还是很佩服你们人类的。”

“除了我们研究的微生物外，南极大陆附近的海域也是海洋生物的家，也不算太荒凉吧。”我掏出包里已经凉透了的“热巧克力”递给老大爷，他却用手轻推了一下，表示没兴趣，我不屑地自己灌了好大一口。

“你说得没错，这里附近的海域是许多鲸鱼和海豹的家，当然也是企鹅的主要觅食场所。只不过这里确实不适合人类生存，这么多年了也只看到你们这些科学家隔三岔五地来做研究，还有些富有的旅行者在夏天围着南极大陆瞎转悠。”

我点点头表示同意，这片世界上最干旱的沙漠的确不适合人类生存，连撒哈拉沙漠还孕育出了三毛和荷西的浪漫，这里大概也只能谱写一些冒险家的挽歌了吧，这是不是也是热沙漠和冷沙漠的区别呢？

“我很好奇，你们人类想从南极大陆学到什么呢？”老大爷拈着胡子说道。我现在基本上确定，这个潜意识的形象是灰袍巫师和姜子牙的综合体，至于为什么会是这样子，我也不清楚，难道我玩游戏的时候应该选用巫师的角色吗？

“首先，南极大陆是发现坠落地球陨石的好地方，经常有科考团队在这里发现来自宇宙的陨石，因此这里也有来自各个国家的天文学家。大概是因为在白色的冰面上，颜色较深的陨石更容易被发现，另外由于缺少人类活动，这里的陨石能够被保存更长的时间，加上南极像个大冰箱一样，陨石上带了些什么都能给完美地保存起来。

“除此之外，人们经过研究发现，南极沙漠的生态环境跟火星的环境非常类似，因此研究南极沙漠从一定程度上可以为研究火星地表提供不少的参考价值，比方说可以在南极沙漠里测试火星车的性能，提高火星漫步车在火星上的成功率以及工作效率，等等。

“这片沙漠最酷的是可以提供一个太空营养系统模型，就像是宇航员在冰冷的太空里一样，在南极度过冬天的那些科学家面临着几乎一样的情况，在没有阳光帮助人体制造维生素的情况下，如何保证人类健康地生活和研究可是美国宇航局重点研究的内容之一。”

说完这些我特别得意地看向旁边的老人，却发现他已经不见了，忽然有人拍打了我肩膀一下，我扭头一看，小艾笑嘻嘻地对着我比画：“喂喂，直升机来了，准备走了！你怎么也睡着了！”

头还是晕的，但我还是站了起来，完全不想让直升机把我留在这里，虽然很快就知道自己在做梦，可还是觉得很有意思。当然也为自己的博学感到骄傲和自豪。

假如给你一个机会，你有什么话想要对地球说呢？

三亿年前的一片热土

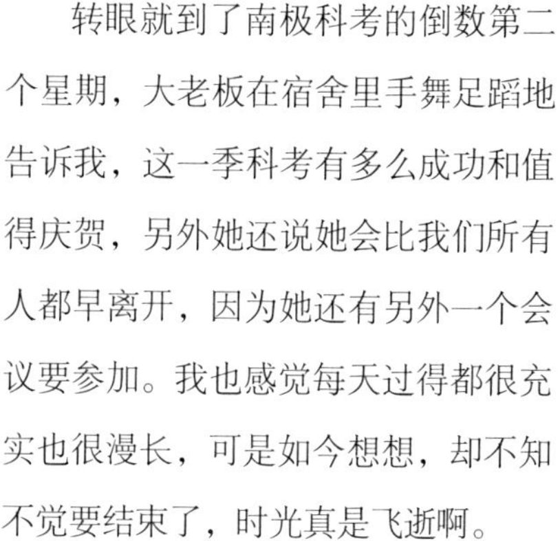

转眼就到了南极科考的倒数第二个星期，大老板在宿舍里手舞足蹈地告诉我，这一季科考有多么成功和值得庆贺，另外她还说她会比我们所有人都早离开，因为她还有另外一个会议要参加。我也感觉每天过得都很充实也很漫长，可是如今想想，却不知不觉要结束了，时光真是飞逝啊。

最近一次飞行就是和大老板还有小艾一起的那次，剩下的两次飞行均在下个礼拜，由我的老板带领我和小艾进行特别采样工作。今天所站的这片沙漠比之前几次见到的要呈现更加深的褐色，沙石化也更加严重一些，随处可见一些有漂亮形状的火山岩，墨黑色的光滑表面上标记着一个个圆润的小孔，如刀锋如镜面的光滑锐利

则来源于南极洲几乎日日不停的风。

这里是整个南极洲最古老的土地，三亿年前的土壤直到今天还完美地呈现着当时的状态。除了外表看起来一片荒凉，土壤里的有机物都消耗得差不多了，加上生物群落太少，代谢过慢，导致这里的土壤越来越贫瘠，可即便如此还是有些坚韧的小生命在这里繁衍生息。我们的地球有着四十多亿年的历史，三亿年跟这个一比好像又不算那么长，不过相较于只有几百万年历史的人类来说，这片土地可是出现在我们好久好久之前呢！

这么看起来，三亿年前的地球也许跟现在的地球有着很类似的地理特征，却有着完全不一样的气候环境，究竟是什么样的机会让这颗蓝色的星球变得适宜我们人类生存的？究竟是在什么样的情况下才促使人类产生了智能？又会有什么样的情况导致地球如同其他曾经的地球霸主一样趋于毁灭，而且无法挽回？

最近的研究表明，地球上第一次出现生命迹象可以追溯到四十一亿年前，当然是非常简单的生命形式，至于究竟是哪种生命形式，目前为止我们仍然不能完全肯定。相比之下，这里的三亿年前的土壤真的是穷得可怜，我们甚至都没有在科考站及时处理土壤样品，因为按照大老板的意思，这里的土壤可以给太空局的人研究用，实在是太类似火星的地表土了。在科考站的食堂你经常会碰到一些大牛，只不过我这个“外国人脸盲症”晚期实在是分不清楚他们的名字和脸谱，就知道有一次我们碰到了一个在美国航空局工作的工程师，许多人都扑上去拍照要签名，连我老板都露出了难得一见的粉丝脸。我坐在一旁微笑地看着这位体型明显大我好几号的大叔讲着他过往的那些傲人战绩。

他是美国航空局的一名工程师，曾经帮助设计了火星漫游车，以及火星登陆计划等等，如今已经成为总顾问的他，参与设计一项金星的登陆计划。他谈到了金星和地球的相似性，它的大小、质量、体积和距太阳的距离都与地球相似，然而其他的部分却有着和地球截然不同的性质，比如过高的地表温度，比如超过地球许多倍的大气压力，这都让登陆金星探测变成了一项非常难的行动。他提到金星令人类着迷，因为它可能曾经拥有海洋，曾经拥有和地球类似的外表，可是失控的温室效应让这里的水蒸发殆尽变成了犹如地狱一样的星球。有人问道，那金星会不会就是地球的未来？这位大叔笑了笑表示，谁知道呢？

在三亿年前的这片土地上，我摘下手套轻轻抚摸了一下地表的土壤（我检讨，这是不允许的），那种干燥的粗糙感让你感觉这片土地像是已经被榨干了一样，就像连年耕种施肥的肥沃土壤的未来一样。任何一样东西过度使用是不是都会这样，又或者地球上本来就没有东西可以不朽？假如未来的未来，地球上都只剩下这样的土壤，那我们要到哪里去讨生活？科幻小说家最乐意幻想未来人们在严酷恶劣的大自然中生活的场景，我打心眼儿里不希望这种事情变成现实，但是又觉得所有的证据都标志着我们正在往恶劣的大自然走去，有时候很焦虑，有时候又觉得，卑微如我，还是不要乱操心的好，反正百年之后我肯定驾鹤西去了。

大概有许多人都跟我一样，虽然书上不停地告诉我们要为子孙后代的福祉考虑，可真正能做到的人很少，从初中政治书上就已经知道了“可持续发展”几个字，可如今看着国内漫天的雾霾和动不动就爆表的PM2.5真是无奈。前几年还听说某市的环保局为了改善环境，居然擅自修改了空气污染指数指标，以这种自欺欺人的方式来减缓空气预警，真不知道该说这群人聪明还是愚蠢。难道空气不是吸进你自己肺里面的吗？国内大城市但凡有个还算是蓝的天空，朋友圈就会被蓝天刷屏，什么时候蓝天白云也成了人们可以拿来炫耀和分享的东西？什么时候这最普通的要求都变成了人们遥不可及的奢望？

不愿意讨论发展和环保究竟该重视哪样，可持续发展的初衷自然是非常好的，但是在建设和保护中真的能找到平衡吗？更何况这里面参与了一个最大的变数——人类的欲望，当世间万物某些根本没有属性的资源被赋予价值的时候，能够拥有它们的人是否真的还能记起来如何保护和小心翼翼地使用它们？在发展的大潮中，我们大多数人不得不为小部分人的索取买单：工厂的废料被排入江河，汽车的尾气注入空气，生活中的垃圾被丢弃在自然中。看起来孜孜不倦的太阳能源是不是真的取之不尽？没有人考虑，于是我们所有人都在付出着代价：我们呼吸着不再干净的空气，饮用着充满“附加物”的水，吃着也许不再安全的食物，晒着充满了致命射线的阳光。如此这样的我们，还能幸福多久呢？

三亿年前的这片热土究竟讲述了一个怎样的蜕变过程，我很好奇，很想知道，也很怕知道。

抬头看看南极洲的蓝天，想想这片看起来什么都没有的高龄大陆还是很富有的，最起码她拥有最洁净的空气和水源，她拥有最不被人打扰的自然风光和雪山。

八年前，我们这个土壤小组在南极山谷里做了一个实验，选定某一个区域之后加入过量的碳氮磷，然后每年跟踪调查该区域土壤中的微生物群落数量变化。一来是因为南极的气候在随着大气环境的变化而变化，二来是因为他们希望找出南极土壤生物究竟能否适应除南极这样艰苦环境之外的条件。结果这个变化非常非常迟缓，一直到去年，从他们采集的数据中才发现某一种主要线虫种群数量发生的增长，不得不说每年只有几个月时间的生长发育让这些小东西养成了小心翼翼的生活习惯，不轻易改变任何一项指标，哪怕环境有所好转。因为当生物开始习惯于更加富饶的环境，体内对抗逆境的特征功能就可能发生退化，万一发生大规模的环境改变，抗逆性已丧失可不是什么好事儿。

随着温室效应越来越明显，南北极冰盖融化的速度逐年增加，南极本来干旱的土壤也开始变得一年比一年湿润。许多微小生物都可以随着风到处传播，一阵风就可以带着它们从新西兰来到这片贫瘠的大陆，以前因为干旱和寒冷，就算有生物入侵到这里也无法生存，然而随着自然条件的缓和，其他生物是否就可以跟当地物种竞争了呢？谁也不知道。我们只知道一旦一个环境的生物群落发生改变，那么也一定会影响环境本身。举一个很小的例子：如今的南极土壤里营养元素含量非常低，因此细菌和真菌的种类也非常少，这就导致了整个土壤环境的营养代谢循环非常缓慢，生物生长也有一定的速度；然而假如土壤的湿度增加到另外一种外来物种可以适应的程度，那么新来的物种必然会开始繁殖，开始吃掉那些为数不多的细菌和真菌，同时也将给细菌和真菌带来更多的食物分解（它们死掉后的“尸体”），如此这片土壤就有了新的营养元素来源，那么久而久之这片土壤环境会发生怎样的变化真是不敢想象。

这可以算是一个微观世界的“生物入侵”，只不过这种入侵的难度相较于宏观世界要更大一些，没有人可以预计生物入侵带来的后果，至少到目前为止，在我们的世界生物入侵带来的都是直接的经济损失，比如什么紫荆泽兰，什么加拿大一枝黄花，还有臭名昭著的水葫芦。而我们所在的南极洲，每一双鞋子上的泥土都要刮干净才能登陆，就是为了避免有可能发生的生物污染，虽然我们也很期待这片大陆能够开满了花、长满了草，但也仅仅是想想而已，这么独特的生态系统还是不要破坏才有价值，至少对我们来说有科研价值。

不管我们愿意不愿意，南极大陆因为气候变暖已经变得越来越热闹了，夏天温度的升高让这里出现了更多的虻（南极唯一的昆虫），也改变了企鹅等海洋生物的生活领地。南极的陆地生物中处于食物链顶端的是一种叫作Scottnema的线虫，这个家伙特别变态，它只喜欢待在极其干燥、极其寒冷以及高盐的土壤里，越是什么都长不了的土壤它越喜欢，就这样它以无敌的忍耐力登上了这片土地的巅峰，成为了这片土地的王。你随便一铲子下去，至少几千只Scottnema就会跟着土壤一起被你带回实验室。如今在气候变暖的情况下，许多人都对它独特的嗜好感到担心，假如温暖潮湿的环境下它完全无法生存，那么它将如何面对这片即将发生改变的大陆呢?

没有人能准确地预测这里会发生什么，但是曾经最能适应南极沙漠的霸主也许会被环境改变的大手彻底抹去，曾经可怜巴巴生活在雪水周围的小家伙也有可能随着气候的改变登上食物链的顶端。生物在自然界的适应能力远远比人类社会来得恐怖，上万年的进化只为了最适应生存的环境，而几十年的改变就可以让上万年的努力变得一文不值，甚至致命。这么想想适应人类社会好像还是容易一些，至少人的一生也就短短数十寒载，什么习惯都可以在主观能动下迅速更改，任何强弱转化看似就在弹指间，却也不至于要了你的性命。只要你愿意，就可以让自己适应新的变化，成为新的适应者。而对于生态环境，所有的生物都可能变得束手无策，就好比空气质量如果持续恶化下去，我想人类大概来不及进化出能代谢吸收二氧化硅的能力就死得差不多了，就好比地球上的水如果都被化学物质污染，我们大概也没办法在几代人之内就变异出能够抵抗毒素的体质吧。

南极圈可以越来越热闹，自然自发的改变和进化都是合理的，而我们人为干涉的改变则是越少越好，最起码在我们真的找到另一颗适宜居住的星球，并且拥有大规模移民能力之前，还是好好保护我们的地球吧，这很有可能是茫茫宇宙中我们唯一的家哦。

除了美国科考站外，新西兰科考站也在这块靠海的沙漠里，而且有着比我们科考站高大上的纪念品店，但是每周开放的时间有限，然而全凭心情的营业时间也挡不住这附近人民购买的热情。大老板自从安排好自己的离开时间之后，就开始思考购买什么纪念品回家，我还挺纳闷儿的，都来了二十多次了难道还有什么纪念品是你没买过的吗？大老板回答说，哎呀，商品发展是与时俱进的嘛，纪念品也是年年有惊喜，就算不买也要去看看嘛！我听了只能很以为然地点点头，顺便心算一下我需要多少纪念品。

在大老板惦记买纪念品的同时，老板则计划着带我单独出去采集样品，顺便观察一下南极靠近太平洋的海岸和沙滩，经过商议之后还是决定由老板领队，我和小艾跟着出发，因为其他人都已经出野外出得很疲乏了，所以也没有人要求和我们一同前往。我问小艾要不要买纪念品，她告诉我这里的纪念品都很贵，到时候看看再说，原来全世界的纪念品都是一样的贵啊，不过考虑到运费成本，南极洲的东西卖得稍微贵一些我还是可以接受的。

安排飞行的计划是连续两天，头一天老板带着我们去了Garwood和Mirror山谷，为的是去修理那里电池坏掉的两个监控箱；第二天则是到更远一点儿的Beacon山谷去采样，这里的土壤环境是整个南极大陆上最接近火星的，所以有些科学家对这里的微生物群落非常感兴趣。我和小艾驾轻就熟地准备东西出发，我对于这里的食物已经彻底失去了兴趣和信心，只随手抓了几片饼干和面包，带着一壶茶水就足够了。听着今天并不算紧凑的飞行计划，我打算把这两天当作告别南极洲的户外旅行。

老板的手里有学校发给他的GoPro，学校的宣传部门要求他记录在南极的每一个激动人心的时刻，用来供他们制作今年新的招生宣传片。于是我们站在山谷边儿上，一边拍照取样，一边就能看到他举着GoPro到处拍摄，不仅如此，他还会采访我们正在做什么，要求我们表现得越自然越好，就像拍纪录片。这片靠近海洋的土地非常湿润，连空气吸起来都很舒服，平坦的大地上居然还有一条贯穿山谷上下的“小溪”，沿着这条溪水，我取到了带有藻类和蓝细菌表层的土壤，很想知道这些看起来毫不起眼的小东西在实验室培养下会成为多么漂亮的风景。

到海边去需要我们徒步穿过沙漠，虽然直升机已经把我们放在距离海边很近的地方，但走过去仍然是一段不小的路途，而且走在沙土路上总是前进一步退两步的，十分费劲儿。沙漠里高高低低的地势让行走变得更困难，我们快要接近大海的时候刚好到达一个高地，发现一块无比平坦的大石头，于是在老板的号召下我们把背包和大棉衣都丢在了石头上，然后轻装上阵往前走，在这里最大的好处就是，你完全不用担心丢东西，这个地方真能拿走你东西的，恐怕也只有风了。

接下来就是一段下坡的路程，走起来每个人都是一路小跑，靠近大海就闻到了熟悉的海的味道，只是夹杂着冰凉显得更加清

▲ 取样

爽了。冰架三三两两地漂浮在海面上，以肉眼可见的速度在融化着，水流的声音、冰融化的声音都一丝不差地记录进了我的耳朵里面。老板拿着摄像机站在一大块冰架上面一边拍摄冰融化的样子，一边说这就是气候变暖的样子。我站在另一块浮冰上，听着冰块融化成水的声音，远处有些冰已经可以漂浮在海面上移动，破碎的样子好像一个妆容花了的姑娘，滴滴答答又好像在伤心。我蹲下来敲了敲脚下的冰，确认它不会被我踩塌了才又重新站起来，老板对我说："你看假如那边的大冰架也不停地移动和融化，那我们就再也没有度假的海岛了。"

在美国，有很多人不相信气候变暖，他们甚至认为这只是科学家的危言耸听，或者是政客用来控制民众生活的工具，面对证据他们依然不会低头，这是我在一次环境会议上知道的。在中国，就像进化论在我们心中是常识一样，气候变暖早就是人所共知的事实，而这里的人们却根本不接受、不相信。我也不知道该说他们自我好，还是愚昧好。我问老板，假如地球真的就这么化了，美国人会相信气候变暖了吗？老板平摊了一下双手表示不知道，人类是大自然唯一一种会自我欺骗的生物。

我在海边用手指写下了我自己的名字，这些痕迹很快就会被海水抹平，等再有人来也不会发现端倪，这就是自然的力量，而我们人类拼了命地在大自然留下自己"到此一游"的记号，不知道会不会在哪一天被一场天灾给收得连毛都不剩下。

假如真有这么一天，那该说是天灾，还是人祸？

真实的大洪水时代

《圣经》里有一个故事很有名气，就是一个叫诺亚的人收到上帝的信息说，那个啥我觉得世界太肮脏了，准备放水洗洗，你们人间马上就要完犊子了，你赶紧造一艘大船把善良的生物都成双成对地带上来，这样你们这些纯洁的生物就能躲过一劫，然后创造出更美好的世界啦！于是诺亚赶紧造船，然后按照上帝的意思带了芸芸众生躲过了这场盛世浩劫。

这个思路后来还被用在了各大关于世界末日的影视创作中，最最令人称赞的大概就是2012年的电影《世界末日》了，从几百年前人们就乐此不疲地预测着这个世界的最后一天，关于末日的传说也总是以五十年一循环的频率在人间广为流传。从《末日启示录》到神秘的玛雅人，我们热衷于从历史的蛛丝马迹中找到这些看似充满玄机的线索，然后幻想着世界末日的到来。2012年12月21日成了这个世纪最大的末日预言，听说还真的有人为了这一天的到来，屯了好多食物和必需品在自己的地下室。当然“末日”第二天醒来的那一刻，看着外面一切如常的世界，相信很多人都意识到自己又被耍了吧。

关于洪水，人类有着很多惧怕，因为这种比起火山爆发更频繁的天灾拥有在一瞬间毁灭一切的能力。我们中国古代也有着大禹治水的故事，说明早在人类文明的幼年时期，地球的确存在着洪水频发的尴尬，所以才导致在各个文化中都会有大洪水的登场。那天我站在冰架上看着太平洋还在想，人们这么害怕洪水，要是南极这些冰真的都化了，那就是全球范围内的大洪水和海啸，加上气候变暖引起的飓风频发和并发的其他几种自然灾难，那才真的是世界末日吧。

到现在我们还不知道地球6500万年前的霸主恐龙确切是怎么灭绝的，有些观点认为是一场彗星撞地球的浩劫，也有人说是因为被子植物取代了裸子植物（这样它们就没有吃的了），更多的科学家相信是由于气候变化导致的。假如像恐龙这种强悍到没有对手的物种都扛不过这气候变化，那我们人类究竟得有怎样的自信才能渡过这一劫呢？很多人都说，我们有先进的科技，和那些脑小的恐龙显然不能同日而语。诚然，我们现在的科技已经能计算出各个星球的轨迹，可以干预那些即将有可能撞上地球的宇宙碎片。但是对于洪水、对于地震，我们依然没有确切的办法控制，即使能预测又怎么样？能做的也不过是提前疏散人群，那些高楼你带不走，那些工厂你也救不了，那些这么多年的建设付之一炬你也只能眼睁睁地看着，这才是灾难的真实面目吧。

南极也有这样的时刻，就在去年南极因为冰融的速度过快还出现了宿营地被整个淹没的情况，而有文献研究表示这种洪水并不是每年发生，有时候是隔年发生，有时候则是不定期的，很难预测。在Bonney宿营地我还听了这么一个故事：

有一年，一位教授带着两个本科生来南极科考，自以为已经很熟悉的学生，经过各种练习之后就开始了独自采样的行动。本来进行得都很好，教授也非常放心，觉得天气这么好没问题的。可就在一个晚上（其实天还是亮着的），河水忽然以极快的速度涨了起来，两个学生还睡在帐篷里就这么被水给冲了，好在两个人拼命抓住了身边的一根柱子才支撑到救援队的到来。也就是说，南极大洪水是没有预警的，当我们看到水面不正常上涨的时候，那洪水的速度早就是肉眼可见的了，能不能活下来就靠运气了。

我当时听得心惊胆战的，立马担心起自己刚才看到的那顶比上次宿营还不结实的小帐篷君。宿营地的大姐看着我哈哈大笑说，现在已经好多了，最起码我们能防患于未然，只要周围的温度过高，或者发现哪个部分的冰架融化速度加快，我们都会要求撤离。我好奇地问，那我们这个宿营地的设备什么的怎么办？难道每次洪水之后还要重建吗？

大姐说，重建倒是没那么麻烦，因为你看宿营地本身也没什么东西，所以能搬走的设备搬走，就算被冲走了大部分也能找回来，至于本身这些小房子通常都是损坏而已，修补一下就好了。她说着还指给我看那些被洪水肆虐留下的“小伤痕”。重建宿营地当然不算难，但假如这里是一个小村庄，那损失肯定就不是一星半点儿了，难怪科考站建到了海对面，想来也是找了相对安全的地方吧。我问大姐，科考站有没有被淹过，她说有过几次，但是都没有那么严重，就好像是下了一场大雨而已，其他都还好。

比起夏天的洪水，冬天的暴风雪才是真的要命，开车的什么都看不见，只能一手拿着GPS一手开车，跟开飞机一样，完全靠导航，人出去一会儿脸就冻僵了，拿着一把刀伸出去，再拿进来的时候连刀刃都会锋利许多。大姐还说，冬天的时候人们出野外上厕所都是一件很危险的事情，完全看不见只能靠着直觉走，找到地方之后还要小心雪突然塌下来。后来有人想了办法，上厕所之前自己先刨个雪坑，再筑一堵雪墙，躲在墙后面就会安全很多，不过这个工程量太大，所以很多科考人员都尽量憋着，直到实在忍不住才会解决一下。

在宿营地最开心的就是听这些人告诉你南极的故事，他们有些人已经在这里工作了十年，知道的有趣惊险的故事多如牛毛，有些危险，有些悲伤，有些搞笑，可他们都能用非常轻松的口吻告诉你，就好像那些真的只是一个一个的故事。唯一让他们非常认真的就是每一天的工作，不管我们聊天聊得多开心、打牌打得多热络，只要对讲机里有动静，大姐就会飞一样扑到桌子前，耐心地回答任何一个问题，用心接待着来到宿营地的每一位科考队员。

南极之行还有一个礼拜就要结束了，很庆幸一次大洪水也没碰到，老板说这是时间不对。不过我也没那么期待碰到大洪水，毕竟我又没有诺亚方舟，万一被冲走就大大不妙了。大风大雪倒是经常看到，看得我都视觉疲劳了，从实验室的小窗户可以看到远处一座座活火山，那些休眠时间超级长的活火山头顶顶着一片白色，看起来好像富士山的样子。大老板因为明天就要回到大陆去而欢欣鼓舞，说是自己马上要拥抱新鲜的蔬菜和水果啦，说得我们都非常妒忌，不过这也意味着还有五天我也要离开这片独一无二的大陆了。

我就想问一个问题，假如真的有世界末日，你们真的相信会有英雄出来搭救我们？或者你们真的能登上诺亚方舟吗？

第十章

没有人
可以拥有这个世界

小时候，我也曾经梦想可以拥有整个世界，就像很多人小时候都有过美好且宏大的美梦一样。随着年龄的增长，很多梦想都被证实是遥不可及的。而我们人类习惯以这个世界的主人自居，或者至少是拥有这个世界的主宰权。我们站在食物链的顶端，掠夺、杀戮、侵略、破坏，做一切能让我们自己高兴、能满足我们欲望的事情。有没有想过，当我们的孩子看着被人虐杀的小猫，他会不会以为这就是生存的法则？当我们的孩子看着天空中的雾霾，会不会以为这就是世界本来的颜色？当孩子再也无法看到清澈的山泉、绵延的森林、高空飞翔的鸟儿，你会不会觉得可悲？会不会对自己曾经做过的那些事情感到一丝丝的后悔？我是说，假如这个世界没有人类，会不会更美好？

假如世界没有我们

曾经看过一个纪录片，是关于人类灭绝后的地球，影片以推算纪实的手法对人类灭亡后的世界进行了描写，包括我们建设的城市慢慢变得颓败，被我们毁坏的森林重新占领大地，我们占据的资源重新分配到自然界，甚至有了新的物种进化，等等，这算是对人类干预自然的一种逆向思考。影片拍得稍微有一些晦涩，娱乐性不强，可看下来的确可以引发思考。人类很大程度改变了自然的容貌，甚至自己的命运，早在千年前就有哲人思考科技对于世界的影响，可如今我们依然没有得到答案。

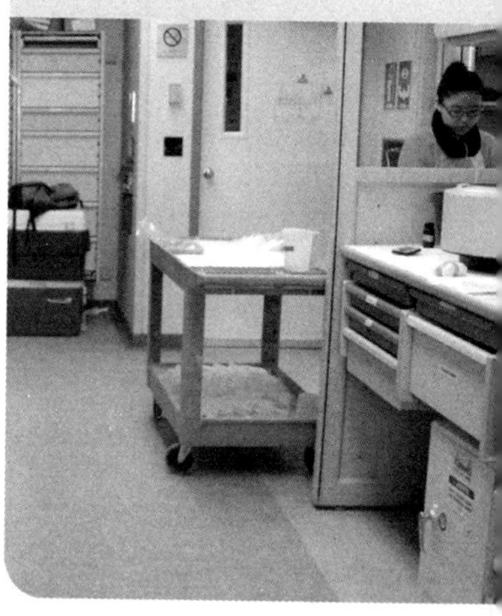

假如这个世界没有我们，是不是真的就会变得更好？答案不应该是肯定的，人类这个智慧的种族一样是由

大自然优胜劣汰甄选出来的，我们的大脑是最好的礼物，尽管只利用了1%，可依然让我们拥有了改变自己命运的能力。曾经看过一篇关于蜜蜂行为学的文章，讲的是蜜蜂选择蜂王的方法，从小用蜂王浆喂养的幼蜂不止一只，而最终哪一只幼蜂最先爬出蜂台就成为蜂王，也就是说蜂台就在那里，不论如何都会有一只蜂王产生。假如这个世界没有人类，那也一定会存在另外一种智慧生物被大自然筛选出来，成为地球的新主宰。我想我们要做的，是不要让这个世界后悔赋予我们这样的天分与能力吧。

这个礼拜，我们即将离开南极大陆，工作了30天的实验室要在这几天里完成化整为零，所有的仪器和试剂都要重新存放，等待着明年再一次的开启。每个人都忙忙碌碌地装着各种各样的东西，也有人把这一季的样品妥善保存，登记并准备寄回美国的实验室。来不及做任何多余的事情，整个小组沉浸在即将拥抱北方大陆的喜悦中。不知道是不是我们的好心情影响了天气，这几天的阳光格外漂亮，穿着一件夹克站在外面开箱装卸也不会觉得冷，平生第一次操作电钻等一系列工作，感觉自己的人生都升华到了另一个女汉子的层次。大老板今天早上已经登上了回新西兰的飞机，临走的时候交代我打扫冰箱和整理她的床铺，我想到今晚可以一个人待在房间里，顿时变得格外轻松，小艾也因为自己老板的离去和男友即将到来而感到欢喜。

很多队员从南极下冰之后都不直接回美国，而是招呼自己的亲朋好友来新西兰会合，玩上一个礼拜再回去，反正来都来了，干吗不顺便度假呢？这也是美国政府给予科考人员的福利吧，假如不直接回国，只需要报告上级把机票的时间更改一下就行了，但是你在新西兰玩耍的费用就要自理了，不过对于大部分队员来说这当然不是问题。

小艾问我，你要不要留在新西兰玩一个礼拜啊？我笑着告诉她，我直接回美国，然后回中国过春节，顺便给她科普了一下中国的农历新年的重要意义。已经好多年没在家过年的我，对于即将回家过春节感到非常激动，每年都只能对着电脑看春晚，比大家晚14个小时吃年夜饭，碰上工作日还要把过年推迟到周末。有一年春节，我们一伙儿留学生约定了一起吃饭，花了一天的时间去超市买菜做饭，还破费地买了一大捧鲜花装扮公寓，做饭做了整整一个下午，一群人坐在那儿看着搬到客厅的台式机上播放着当年“恶评如潮”的春晚，一会儿笑一会儿哭，一直闹到凌晨才结束。回到房间我把被子紧紧裹在身上，看着屏幕上出现家人的身影，心情变得暖暖的、涩涩的。只有远行才能让你懂得相聚的意义，只有离别才能让你明白牵挂的心酸，我笑看着妈妈展示着她中午做好的一桌子的饭菜，想象着味道穿过屏幕飘到我这边来，也希冀着梦也能变得有味道，家的味道。

小艾看我大脑好像忽然停下来了，在我眼前摆了摆手，我回过神来忽然想到，假如世界没有我们，不知道世界会不会觉得悲伤，但是假如世界没有你们，我该有多孤独多寂寞多可悲。人类，不管用多么冷酷的手段对待着周遭的一切，却总能留下内心那一片温暖柔软给重要的人，这就是感情，一种精神上的牵绊。

想到这儿不禁觉得其实人类也没那么糟糕啦，至少我们中的大部分还是懂得如何温柔的，只是生存本就残酷，我们只能变得更加残酷才能活下去。假如我们能善待这个世界，善待其他的生物，哪怕是一花一草，相信这个世界也不会对我们感到失望的吧。

假如世界没有我们，海依旧是海，天依旧是天；假如世界没有我们，草原依旧是一望无垠的绿色，沙漠依旧是黄沙漫漫的荒凉；假如世界没有我们，大山不会变得满目疮痍，空气不会变得浑浊，河流不会变得肮脏；假如世界没有我们，是不是那些物种就不会灭绝？是不是那些资源就不会枯竭？是不是南极的冰盖就不会融化？假如世界没有我们，是不是会变得更加和谐美好？

我不知道，也不相信。世界给了我们智慧，给了我们感情，也给了我们反省和思考的能力，给了我们纠正错误的机会，善待这个世界，不要让她后悔最初赐予我们生命。趁着一切还有挽回的余地，趁着我们的良心还没有彻底沦丧，把这个世界还给世界，把内心的那点儿温柔拿出来温暖身边哪怕一分一毫。

南极的冰依旧在融化，破冰船身后拉出长长的一道深邃，时不时有虎鲸调皮地跳出来呼吸新鲜的空气，阳光下海水泛着金色的点点光芒，企鹅站在冰上遥望远方，这一切的美好就是世界本来的样子，多么希望每个人都能看到这样的世界，多么希望每个人都能珍惜这样的美好。

假如这个世界没有我们，她一定会觉得寂寞，因为我们本是如此聪慧、善良、可爱。

借来的东西，总是要还的

今天我跟意大利小哥把实验室里很多重型仪器拉回到货仓的大笼子里。科考站有一个大大的货仓，里面有很多笼子，每一个笼子都分属于不同的科考组，这里用来放置每个组不需要带走的仪器和物品。实验室数量有限，好在每个科考组来南极科考的时间都不同，因此只需要在一段时间内开出一定数量的实验室就可以了，这也是每个科考组必须搬来搬去的原因，资源优化利用，不浪费任何一点空间，不浪费任何一点资源。

意大利小哥现在开卡车的技术已经达到了一定境界，不需要我下车指挥也能直直地停进各种诡异的车库位置，他对此也是非常得意，拍拍我的肩膀说，就算不当科学家，他也能当

一个民工了！我笑笑，心想就你这小身板恐怕什么也扛不动，还民工呢，还是先送你到我们某知名的技工学校去学习学习吧。笼子里有很多睡袋和应急物品，还有一些已经搬过来的实验仪器，装完东西锁上门的那一刹那，我还默默地对它们说了一声拜拜，毕竟这可能是我有生之年唯一一次来南极科考的机会。

实验室里忙得热火朝天，所有的烧杯、锥形瓶等小的实验器材都要清洗干净还到实验楼的器材中心，以便后面的人可以使用。所谓有借有还再借不难，所有的科考队员都本着“与人方便，自己方便”的宗旨做着每一件事情，没有人抱怨，没有人偷懒，井然有序，流畅和谐。老板一个人独霸整间办公室显得很优哉，哼着小曲看着电脑屏幕上的邮件，时不时还跑来查看我们的各种进度，开着不着边际的玩笑，看起来心情也是很不错的。老板说我的运气真好，这是几年来最顺利的一季，所有的取样工作都顺利完成，所有的处理也都按时做好，甚至还多出了时间进行了额外的探索和采样。我心里想，那当然了，我可是福将啊！

我们处理样品的过程中会产生大量的土壤废弃物，也就是提取出了微生物群落之后的土壤，这些土壤来自山谷沙漠的不同地点，因此也不能随意丢弃在这个科考站的任何一个地方。必须要打电话叫专人来处理，他们拿走我们的土壤时，我刚好抽了个空跟在他们后面帮忙，其实我也就是好奇他们要怎么处理这些东西，总不能原样送回到取样点吧。

跟着他们来到一个硕大的“车间”，里面有许多高温灭菌箱，就是可以在120℃下对物品进行消毒灭菌的仪器。他们把所有的土壤装进一个大大的桶里，然后丢进去灭菌半个小时，确保土壤里没有任何细菌和微生物的存在，然后把无菌土归还给科考站的土地，这样就避免了不同地点的微生物交换影响，以及细菌的扩散等等。我看着那些“毫无生机”的土，果然是尘归尘，土归土，为了不污染南极的环境，科考站真的是非常尽力了，果然人类和我想的一样，还是有救的嘛！

一切都是有循环的，当然我说的不是佛教里面的因果，我说的是大自然的规律，一切事情的发生都有它的源头，不说是蝴蝶效应吧，至少要明白它们之间的关系，有些事情之间的关系是直接的，比如过度开垦耕地导致土壤的沙漠化；比如倾倒废料入海，导致大量的海洋生物死亡；比如你猎杀一头驯鹿，那世界上就少了一头驯鹿。也有一些是间接的关系，比如你随手丢弃的一个电池，埋入土壤的几十年后，可能会因为内部的辐射泄露导致来这里玩耍的一个孩子丧命；比如你调高的一度空调，可能刚好是融化这块冰川的最后一格温度；比如你自以为慈悲放生的一条大鱼，一个月后可能吃光这片湖里所有的小鱼，最后让整个湖水的生态系统崩坏。现在著名的入侵生物水葫芦，就是当时某位文艺青年觉得好看带回来装饰自己家池塘的，如今成了所有渔民的噩梦。这就是大自然的因果。

上生态课程的时候，教授问：“什么是科学？”我们这群已经学了七八年科学的学生坐在下面不敢轻易回答，因为这个题目太大了，很有可能是教授设置的陷阱。后来有人说，科学就是追求真理；有人说，科学就是发现规律；也有人说，科学就是这个世界的真相。教授点点头说这些都是科学，而我们最想知道的就是事物之间的联系，真实的联系，而不是表面的联系，我们想要知道“是什么”，然后是“为什么”，接下来“怎么办”，最后是“会如何”。我不知道这个世界将来会如何，知识的阶梯越走越窄，只有当你突破了最高的山峰，才能看到世界的全貌，才能看到更宽更广的自然。于是我们有了大数据，有了长年累月的积累，我们希望从中找到世界的规律，预测世界的走向，但终归我们无法控制，这也就是为什么我们无法拥有这个世界。我们从数据中预测到世界正在变暖，我们想尽了一切办法来延缓这一个过程，但是我们终归无法控制地球走向下一个暖季，或者是冰季。

我们开发的资源终将变得稀少，连太阳也有寿命的长短，我们利用地球上的一切都可以说是借来的，我们借用地球上的资源来发展自己的文明，但这当然不是白拿的，所有的一切都是借来的，是要还的。我们耕种粮食，食用它们，成长自己的身体，等我们死后，身体中的所有一切都将还给大自然，所有的碳、所有的有机物都会成为新的资源；我们的工厂、我们的汽车排放大量的温室气体到大气层中，让地球变热，于是我们的土地开始变成沙漠，许多人开始挨饿，甚至死去，这也是一种代价。

当人们破坏环境到一定地步，环境就会加快资源循环的速度，比如环境恶化了，生物死亡率就高了，因为环境比原来更需要养分，只能让生物死得快一点儿，资源循环得快一点儿，以此来弥补恶化的环境带来的不足。所谓的污染环境，也不过是让我们人类自己的文明崩塌得快一点儿，就好像是大自然忽然发现了我们是祸害，于是就加快脚步让这个祸害赶紧消失，比如洪水，比如火山爆发，比如干旱，比如一系列的自然灾害。

醒醒吧，人类，不管什么都是从地球这里借来的，希望最后不要用我们人类千千万万的生命来偿还，那样的话真的是个悲剧呢。

打包的时间过得很快，也很快乐，美国的大胡子男生最近也勤快了起来，肩挑手拿地干得不亦乐乎。我更是在小卖部开门的时候去买了各种纪念币，总觉得这里的纪念品做得有些粗糙，所以走了很远的路去新西兰科考站买到了更漂亮精致的纪念币，心里盘算着要送给谁和谁，像个小学生一样欢欢喜喜地走回基地。可走回基地之后才被亲爱的母亲大人通知，她自己就想要十枚纪念币，我一共才买了五枚而已，一番唇枪舌战之后，我还是拜托后来又去的一批队友再去帮我买了十枚回来。心想着反正也就来这么一次，能满足就满足她吧。哎，我怎么这么善良、这么孝顺，顿时觉得中华民族几千年的传统美德都在我一个人身上体现出来了。

另外还有一件特别重要的事情就是——寄明信片，我也是一个喜欢每到一处就寄明信片给朋友的俗人，在北极是这样，来了南极当然也不例外。来到科考站的第三天我就广而告之地大肆宣布，有要南极明信片的就给我留下地址。结果不出所料，各类地址纷至沓来，我用光了科考队发的免费明信片还是不够，只能又跑去小卖部买了几张，不得不说花钱买的确实比发的要精致漂亮许多，摸着写得酸麻的手，看着越来越潦草的字迹，心里却觉得很开心。能跟朋友分享旅行是很愉悦的，人是社会类的动物，一辈子都在找存在感，假若你的快乐和成功都无人问津，那才是真的寂寞。最可爱的是一个师兄，每次都要求我寄英文的明信片给他，连写的内容也要用英文，并且一定要寄到他工作的大学办公室，说是为了展示他高大上的品位和情操，也可以让办公室那群“井底之蛙”好好羡慕一下自己有这么牛的师妹。大笔一挥再一挥，贴上专门买的圣诞节特别纪念邮票，通通拿到邮局寄出去。后话是，我都已经回家过完春节又回到美国，还是没有一个人收到明信片，世界尽头的明信片也不容易收到啊。

科考队其他队员也开始陆陆续续地写明信片，有的人比较别出心裁，把我们研究的微生物画在了明信片上，这样就不用写字了。大人和孩子一样，都觉得写字要比画画费劲儿。后来我告诉她，写祝福语其实还好，累的是要写那么多地址，看着大家写明信片时微笑的表情，揣测着那些在世界各地和我们有着千丝万缕关系的人们都在做些什么，是否也在想我们呢？忽然觉得有了这些人，自己就拥有了全世界呢。

世界分大小，大的世界可以上至宇宙浩瀚，小的世界可以追溯到一个个体的柴米油盐，人们常说命运掌握在自己手中，这样就拥有了全世界，这大概取决于你的世界有多小吧。我的世界就是我的文字、我的科研、我的家人、我的朋友，有了这些就已经足够，我能用尽力气把这些都守护好就可以了。有些人比较贪心，想要优渥的生活，想要受人尊重的社会地位，想要佳人左拥右抱等等。不过人呢，越是贪心得到的快乐就越少，因为难以满足，欲壑难填就是这个道理。写到今天刚好是儿童节，6月1号，许多成年人也都“厚颜无耻”地参加了儿童节的过节大军。为什么我们想要回到小时候？因为那时候我们是那么快乐，有了一颗糖就仿佛拥有了整个世界，得到一句老师的表扬就能得意好几天，现在想想那时候就像是个坐拥世界的傻子，那么容易快乐，那么容易幸福，那么容易满足。日渐长大，究竟我们改变了什么呢？

老板看到我坐在电脑前敲打着准备递交的奖学金申请书，笑呵呵地问我下学期的计划和打算，我也逐一回答，他很满意地说：“很好，很有野心！”这就是长大，心也大了，为什么我们不会再为了一颗糖果而欢天喜地，因为一颗糖果已经不足以代表整个生活，我们不能用一颗糖果去付房租和电话费，我们不能用一颗糖果去买生活日用品和吃饭，我们不能用一颗糖果去打发老板布置下来的任务，总之一颗糖果在我们生活中的价值变得不值一提。这就是成长，就是残酷的改变，有时候也不是我们变得贪心，而是我们的世界变大了，所以想要拥有这个越来越大的世界需要我们付出越来越多的努力和拼搏，甚至变得不可能。比如我们的父母对我们的期望，当然不再是小时候的好好学习，他们希望我们能有出息，能让他们骄傲，至少能过上让自己富足的生活，而对一个三四岁的孩子来说，不尿裤子就已经是一项了不起的值得夸耀的成就，这就是世界的变化，就是小孩和大人的差别。

世界这么大，很多人都想出来走走看看，写一纸假条容易，花光积蓄更是弹指之间，可是看了这个世界之后呢？生活还是要继续，没有工作只能喝西北风，有多少人能像仓央嘉措一样游历人间只为体验，留下动人诗句，做一个风一样潇洒的男子？而且千万别忘了人家的身份，这样一个自带背景光环的角色本就有着任性的资本，而平凡如你我，生活远就残酷得多，想想身边的压力，你还觉得自己能坐拥哪怕小小的一方属于你的世界吗？

我是一个平庸的人，和许多人的童年一样有着舒克贝塔和葫芦兄弟，有着成为科学家的崇高理想；和这一代人一样顺从地完成义务教育，考上大学，选了一个自己没有任何概念的专业，一读就是四年；赶上大学扩招的我，一样发现就业压力大得惊人，于是走上了考研的道路，直到后来终于在浑浑噩噩快要耗尽青春的时候，弄明白了自己心里真正想要的东西，然后有了追逐世界的梦想，有了一往无前的自己。有人说，只要找对了方向，什么时候回头都不晚，可是我想大部分人的人生方向是不分对错的，只有是否值得你坚持走下去，想要拥有自己的世界并不在于你有多大的能力、多大的野心，而在于你有多么坚持、多么坚定。

就这样做一个想要坐拥全世界的傻子，很幸福，我在我的路上，你呢？

我走了，请继续安睡

骑着驴子的王子走到一片荒芜之地，面前的城堡上爬满了绿色的藤蔓，吱吱呀呀地被风裹着一起一伏，满地的枯黄落叶早就没了生命，城堡的墙壁看不出本来的颜色，高高的窗户里没有光线进入，漆黑看不透任何端倪。王子低下头问驴子：“我的老伙计，你确定公主真的在这座城堡里吗？”驴子扬了扬脖子，蹄子不安地刨了两下，顿时小范围内尘土飞扬。王子坐直了身子，抽出腰间已经生锈的长剑端在身前，策动着驴子小心翼翼地向前走去。

不怪王子要小心，传说中沉睡着公主的破败古堡外，总有那么几只恶龙怪兽看守着，为的就是干掉那些不自量力敢来打扰的王子们，直到真正的勇士来斩杀了恶龙，吻醒了公主，成就一段佳话。最终王子紧张得嗓子眼儿都冒着火，驴子也因感受到身上的人紧张的气息变得谨慎。一人一驴慢悠悠地向城堡靠近，护城河里早就没有一滴水，城堡的大门也很容易就被打开，尘埃落定之后王子握紧长剑进入城堡，绕了好几圈也没看到半个公主的影子，于是他笑呵呵地对驴子说："看，我又征服了一座城堡，吟游诗人又可以歌颂我大战怪兽的故事了。"驴子鼻孔里喷出几团粗气，也不知是赞同还是鄙夷。

历史上许许多多的传说故事大概都是这么一个走向，没有人知道真相，人们在乎的也不过是那可以传承、可以谈论、可以崇拜的英雄，只要编得合理就会成为童话，成为传奇。就像我来南极之前，脑袋里有无数对于这片大陆的想象，成为科考队员在朋友的眼中简直是了不起的成就，能到南极也是很多人梦寐以求的经历，然而我在这里的工作不过是平凡的实验室处理和采样，要说区别那就是换了个地方而已，不过换的地方是南极，因此显得格外有意义了些。我像那个骑着驴的王子，张牙舞爪地来到南极，结果发现这里平静得像一汪清水，根本没有怪兽，我挥着长剑对着天空大喊："怪兽，出来啊！"回答我的也只有风的声音，夹杂着冰川的凉意，让人清醒得格外开心。

明天就要离开南极回新西兰去了，晚上收到科考站发来的通知，告诉我们需要几点把行李托运到登机口。因为科考站的登机口小得可怜，绝对不能让所有人带着行李第二天来上飞机，那样一定会特别混乱，因此所有的托运行李必须提前8个小时送到登机口准备托运，也就是说，哪怕第二天你的飞机无法起飞，你也只能到新西兰才能见到你亲爱的行李了。我盘算着把所有必须用的东西拿出来装进自己的书包，至于衣服我想大概是不需要了，我不相信我的人品差到会被困在这里一个礼拜，收拾好了行李就听到门口小艾在喊我，说是老板他们订了一辆卡车来帮大家拉行李。我跌跌撞撞地把行李以半滚落的形式弄到楼下，扔上卡车后面，人也跳了上去。

我在南极练就了一身攀登卡车的技能，第一次看到比我高出那么多的卡车时，我就很无奈地发现前面只能坐除驾驶员之外的一个人，而那个座位自然是要留给老板的，默默地盯着很久还是不知道该怎么像身边的美国大汉一样，飞身一跃就蹦上卡车。正在我迷茫的时候，就看到身材和我差不多的小艾一手拽着卡车的护栏，一脚蹬着硕大的轮胎，腾地就上去了，我瞬间就茅塞顿开，赶紧有样学样地往上爬，坐进卡车后面还冲大家笑了笑，实际上我怎么会告诉大家我刚才爬得太使劲儿，扭到了手指头呢？后来就越爬越老练了，几乎能随便抓住卡车的某个部位稳住自己，然后身体一跳就上去了，怎么形容呢？简直是身轻如燕啊。

通往登机口的房间外有一条长长的楼梯，我就不明白为什么登机口要建在这个小山坡上，难道是为了让大家仰视吗？好在我们有座驾直接给开了上去，把行李丢进去之后，大家心情特别好，打算吃了饭就去酒吧坐坐，顺利完成了一季科考，离开并没有什么不舍的。

存行李的时候每个人给了一个号码，是明天早上登机的号码，我拿到了21号，听说因为人太多，所以第二天有两班飞机，一班是一大早走，另一班则可能要等到下午。而我和老板因为要带土壤样本回国，所以优先安排，也就是说沾了土壤的光，我也能作为第一批成员回到内陆去啦！第二天的飞机上又是8个小时，每个人都挺疲惫的，飞机一升空就看到大家脱了装备无视引擎噪音地呼呼睡起来，老板坐在我对面，靠在旁边人的身上也愉快地进入梦乡。我看着头顶圆圆的舷窗外飘过一片一片的白云，想着坐飞机来南极洲的心情，忽然觉得好像昨天才到，今天就要走了，这就是我说的感觉度日如年，而时光却在飞逝的感觉吧。

这趟飞机上还坐了美国的各位领导和将军，他们视察完毕准备返回，因此我一点儿都不担心这班飞机的安全，也许我的命不值钱，可比我值钱的人也搭乘这班飞机，想到这里我也放心地进入了梦乡。不过在睡着之前，我还是环顾四周，没有发现各位领导的身影，原来这样的运输机里也有不同的舱位啊，我们这种货舱待遇的确不适合领导们。

我以为我会梦到一些东西，梦到一些关于南极的记忆，关于南极的美好或者疲劳，可却什么都没有，只有颠簸和嘈杂，沉沉睡去之后谁也没有来我的梦里跟我告别，或者说我本就对那片大陆没有留恋，所以自然不会梦到白色的有风大陆。不过我还是觉得很美好，南极，我来了，我这就走了，你会不会记得曾经有一个中国女孩儿来到过这里？

怪兽啊怪兽，公主即将凯旋，剪去长发，英姿飒爽，一身戎装，铠甲上还残留着点点血迹，不再白皙的手上紧紧握着锋利无比的长剑，勇往直前，你怕了吗？来战吧！

我是被一股子食物的味道给弄醒的，从“大红”里钻出来就看到身边的老太太正在啃一个难看的三明治，不过掏出自己的发现也没有好看多少，于是自嘲地笑了笑，准备用自己难看的三明治和她一较高下。坐在对面的老板从口袋里掏出一个被裹得像个木乃伊一样的比萨饼，对着我一举，像是碰杯一样，笑嘻嘻地塞进嘴里，我看着那个比萨饼的外表就知道它的内在会有多难吃，早上在餐厅偷偷塞了一个苹果进口袋，现在吃的话一定会充满幸福感，我这辈子大概也从来没觉得苹果会这么好吃。

吃着东西跟身边的老太太聊天，她是新西兰科考队的队员，主要是做生态气候监控，我没有问她年纪，但是估计这老太太也要六十多岁，谈起自己的事业她苍老的脸上总是露出自豪如孩子一样的笑容和光芒。她说，气候监控非常难，也非常艰苦，可总要有人去做，总要有人知道地球上正在发生什么，即将发生什么和曾经发生过什么，他们就是致力于收集大量的数据，建立模拟模型，试图找到地球气候变化的规律，让人们知道如何应对未来可能出现的灾害。她还兴奋地向我介绍他们参照南极的气候制作了远古时期的地球气候模型，并且对过去两百年的气候变化做了一个大概的介绍。我吃着三明治听着这些东西，不知道是不是因为她讲得好，总觉得比普通的报告有趣得多，也许是她的情绪感染了我吧，觉得身边这些人都是保卫地球的英雄，他们用自己的知识和方式守护着地球，探索着世界，然后把这些知识回报给全人类。

看着她电脑里的照片，过去几十年来，地球平均温度升高的每1℃，所伴随的飓风、洪水、南极冰架的消融，一点一滴好像是地球在哭泣。忽然好想伸出手去，告诉地球，别哭了，别哭了，还有我们，我们会把你要说的话告诉大家，告诉尽可能多的人，让大家知道你难过了，你痛苦了；我们会把你想做的事情告诉大家，告诉大家你真的不后悔孕育了人类，也不想毁灭人类。不管有没有诺亚方舟，人类都不想经历一次浩劫一样的大洪水，也不愿意自己的子孙后代生活在没日没夜的雾霾之中，我希望他们能看到我看到的蓝天，享用我喝着的干净清澈的泉水，希望他们能和这个世界好好成为朋友，而不是敌人，甚至仇人。

飞机开始降落的时候耳压明显升高，不得不靠吞咽动作缓解这种不舒服的疼痛，一阵特别剧烈的颠簸之后，我们降落在了新西兰机场。滑行结束，大家站起来准备回到大陆的怀抱，就看到前面出现了一个美国大兵，示意我们都坐下，接着就是几个大兵来到我们中间把几个行李箱拖了出去，直到最后一个行李箱消失在我们的视线中，才有人告诉我们可以下飞机了。刚下飞机的我就看到前方停着一辆明显很高级的商务车，几个穿着黑风衣的领导淡定地坐在上面，原来“让领导先走”不论在世界的哪个国家都是一样的。领导的小车绝尘而去，我们走向来接我们的“破”大巴，上去的时候我还替老板占了个座位，看着一脸胡子拉碴的他走过来，感觉这才真是一个生态学家的标准造型。

有趣的是我们是从美国南极科考队新西兰站起飞的，回来的时候降落在新西兰机场，因此还要入境新西兰，这里的关口人少得出奇，唯一的问题大概就是我和老板手里带的土壤样本，听说已经在新西兰海关和美国海关备案，总之关注我这趟旅途的人非常多，忽然觉得自己好重要，不自觉地挺直了腰板。

大巴停靠在了海关大楼外面，最后一位将军拖着箱子走进了大楼，我们大巴的车门才被打开，难道还怕我们这群“刁民”挤着领导不成？哎，以后谁也别跟我说什么人人平等，你猜我还信不信！入关的时候，海关果然对我和老板的土壤进行了很严格的报关处理，对老板的过关检查比对我还要严格，因为他需要在新西兰境内停留几天，像我这种马上就回美国的人，新西兰政府表示并不关心，只要求我在新西兰不能打开封条就放我出关了。

新西兰的酒店是在南极的时候就订好的，洗完澡老板请我吃了一顿无比美味的印度菜，还经历了一次火警报警事件，我们被迫跑到餐厅外面等候，我开玩笑地问老板知不知道什么是霸王餐。再次躺在床上的时候外面天还没黑，虽然在飞机上睡了几个小时，可还是觉得非常累，真的非常非常累。手机连上网络就给所有人报告自己已经回到新西兰，大家都忙着问我南极之行的感想，我却抱着手机呼呼地睡了过去。

听说第二批上飞机的人昨天抵达新西兰已经是凌晨一点了，在大厅里碰到了意大利小哥，他说他在这里玩几天再走。我告诉他我归心似箭，因为要回家过年，我们拥抱告别，握手致敬，也算是战友了吧，这个热衷于喝espresso的小个子，笑起来一脸精明，时而偷懒时而担当，却是个不错的科学家，希望有机会还能再见到他吧。每个人的回程都不一样，所以接下来的行程就不再有同伴。老板说他一点儿都不担心我，觉得我超级强大，况且对于国际旅行我的经验非常丰富，于是交代了我几句关于土壤样品的安置就也告了别。

再次站在新西兰机场的时候，我终于意识到南极之行真的结束了，不得不说基督城的机场真的是小得登不上台面，本想着过了安检再吃饭的我，居然发现里面没有任何一家可以吃饭的地方。只好在纪念品小店找点儿零食，却发现了长相惊艳的巧克力，赶紧揣了两包，想着也算是给朋友带个纪念品回去嘛。小姑娘指着杏仁巧克力告诉我，中国人最喜欢这个口味，一脸纯真。最后我买了自己喜欢的黑巧克力还有杏仁味巧克力，坐在机场的沙发上看着外面有些阴沉的蓝天，按下了快门。

南极，那片白色的梦境，冰川上舞蹈的精灵，还有上帝之水，这些都深深刻在了我的生命里，也许我不会再有机会深入南极，也许我再也不能登上冰架顶端，可那种空气稀薄的感觉依旧会让偶然想起的我感到阵阵兴奋激动。融化的冰块漂浮在海洋上，滴答的声音一定不会是人类的丧钟，很久之前有一部漫画里说："有制造伤痕的人，就一定会有抚平伤痕的人。"我愿意做那个抚平伤痕的人。南极，不要哭了，我们是爱你的，相信我们，我们一定能抚平你的伤痕，让你看到人类真正的智慧不是毁灭和破坏，而是爱与坚守。

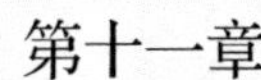

第十一章

地　球，
请别后悔孕育了人类

世界从来没有沉寂过，就算是几十亿年前只有铁镍的那片海洋下，也同样蕴藏着无限的热闹。五百万年前，人类出现在这颗蓝色的星球上，也许是宇宙注定要产生智慧的生命，我们带给了这个世界更多的可能性，也带给这颗星球许多它不曾有过的风景。站在南极点的时候，我看不到传说中天空中的臭氧层空洞，却能听见风轻轻对我说话，那是亿万年来地球的故事，那是这个不经意间孕育了生命的星球的传说，矫情地伸出手去想要捕捉空气中的温度，却什么都没有抓住。冰架消融、气候变暖、大陆移动、移山填海，这个世界多么动人，多么值得我们去珍惜、去守护。拥有一次如此这般的生命，我，真的很骄傲。

地球的故事 都在南极的简单中

不知道有没有人发现，最近这段时间地震多了起来，洪水多了起来，各种天灾都齐刷刷地出现在了我们身边。有地质学家说是因为板块近期的活跃运动导致的地震，气象学家说是因为气候变暖导致的洪水和飓风频发，哲学家和神学家则说这些可能是末日预言即将成真的前兆，等等。作为一个生物学家，对于气象学，尤其是地球大气候，我并没有很深入的研究，我只对南极土壤系统里那些小生命有兴趣，它们的“一颦一笑”都从微观世界反映着整个世界有可能已经发生的巨变。

越是简单的生态系统，对于变化越是敏感，这也使得南极土壤系统成为了一个小模型，甚至是指向性系统。每一种生物的多少、发育时间都可以用来预测这里的气候变化。我们收集了近二十年的数据，因为整个南极的变化非常迟缓，因此没有人敢保证我们能从数据中推算出什么，而这项工作还需要做很久很久很久。就有那么些个科学家能耐得住性子，一代一代地记录着地球的故事，希望从现在的故事中找到地球曾经的样貌，也希望预测出地球将来的将来。每次拿到海量的数据我们都非常兴奋，而冗长枯燥的分析过程可以逼疯任何一个充满耐心的人，然而就是这样的忍受给了我们想要知道的信息，比如地球真的在变暖，比如我们的地球现在处在始于260万年前更新世的第四纪大冰期的一次间冰期中，比如我们真的很想知道科幻电影里的冰封世界会不会发生，比如我们真的很想知道人工智能会不会取代人类而存在。

南极上空风大的时候可以把科考站的风雪全数卷上天，天空晴朗的时候也可以融化地下几十厘米处的小生物，这块神奇的土地目前只能用于科考研究，也给了地球上的科学家一次接近地球的机会。我们站在三千万年前的土壤表面，我们带回一万年前的藻类，我们看着十几万年前的地衣呈现出不同的颜色，隐藏在一块块被风雕琢得如刀如锋的石头下面。我感慨这个世界赐予我们的一切，也曾经无比歌颂人类的智慧与能力，高楼林立的城市里，车水马龙，有时候会忘记我们曾经来的地方，忘记我们到这个世界上究竟是想要做些什么。

斯科特的墓碑上刻着“去探索，去发现”，不知道你们是不是和我一样有这个闲工夫思考，为什么自己被选中来这个地球上活这一次，生命对于每个人都有着不同的意义，而作为一个生物个体这个意义则是非常简单的。我们每个人都是生命信息的载体，我们携带着遗传基因，这些ATGC给我们智慧，给我们身体，给我们一切，而我们作为载体的任务就是把它们无休止地传递下去。每个基因都是自私的，它们都希望自己能在这个世界尽可能地活下去，于是所有的生物交配、繁殖。生命的确只有一次，而也正因为它会停止，才显得美好和可贵，对于生命来说，你的下一代、下下一代就是你生命的延续，他们带着与你一模一样的遗传信息继续活在这个世界上，从某种意义上来说，他们就是你。

作为一个有智慧的生命体，能够思考教会了我们更多的能力，传宗接代不再是唯一的意义，宇宙赐给了我们大脑，赐给了我们能够认识世界的能力，那就不要浪费，哪怕生命只有几十个寒暑，也可以因为你的探索和发现无限延长，除去不停地生儿育女来延续生命，那些留传在整个人类文明中的名字何尝不是一种永生？那个坐在轮椅上肌肉萎缩的霍金，用身体上唯一功能健全的大脑探索着宇宙的奥义；那个曾经追着时间跑的少年，用相对论告诉我们这个世界的第二种解法。有些人的生命早已结束，可他们的智慧却留传在整个人类族群里，发酵成了永恒。

假如你没有时间去看这个世界，那就看看书，让文字带给你精神世界的满足；如果你没有金钱支撑物质享受，那就学会多思考，让大脑带给你最刺激的幸福；假如你没有耐心去一字一行地阅读，那就多去看看高山和大河，用身体去体验这个世界的美好，感受这次生命的壮丽。总之，不要让自己沦为基因的“奴隶”。

风越来越大，我看不清楚未来的方向，却固执地不曾停下脚步，生命没有打草稿的机会，于是我只能坚持到最后一秒，哪怕前方是万丈悬崖，我也能纵身一跃，御风飞翔，这就是生命对于我的意义。

从新西兰回到美国是两天后的事情了，多亏了时差让我又一次感觉自己活在了时空的夹缝里，没日没夜颠颠倒倒的感觉，让大脑都迷茫了时间的概念。老板还没有回来，他留在新西兰要给那里的一个交流项目讲课，实验室因为没什么人显得有点儿萧索，我带回来的土壤样品被我当晚丢进了实验室的冰柜。回到公寓的我倒在床上，很疲劳却难以入睡，最后不知道怎么就昏昏沉沉地进入梦乡，醒来只觉得饿得能吃下一张桌子，于是赶紧冲到厨房给自己煮了一锅汤圆，如大神所说，这里的红豆汤圆真是难吃得很，可即便如此我也觉得香糯可口，果然是饥不择食。

回想起回来的过程中，我带着一

盒子来自南极的土壤拿着中国护照入境美国，第一次感觉到自己作为科学家的神圣待遇。站在入关的小窗户前，美国官员看到我的信息直接就说："嗯，我们知道你今天要回来，请你等一下，会有人来直接带你过去。"于是我就靠在了一边儿的墙上，我想排队的同胞们大概都以为我出了什么事情吧。过了十几分钟，有一个穿着警察制服的人来把我给带走了，我甚至看到了大家同情和担忧的目光，暗自也觉得有些好笑，又有一点儿小小的优越感。是不是所有人都会因为自己的与众不同而感到傲娇，还是因为自己被别人自以为是地误会而觉得可笑?

美国海关安检的各位警察叔叔也算是无聊，几个人轮番来跟我聊天，问我南极好玩儿吗，问我带回来的样本要做什么研究啊，问我各种神奇的有趣的事情。反正文件办理好也要等一阵子，我也就跟他们有一搭没一搭地聊着天。我告诉他们，我是一个向南方求索的凡人，想要看清这个世界的秘密（别问我怎么翻译成英文的，就那个意思）。有个大叔看到我盯着刚刚一个中国女生被"查抄没收"的各种中国零食，就问我："你是不是饿了？我给你拿点儿吃的过来吧。"我很感激却赶紧摇摇头说不用，我想如果那个中国女生看到我堂而皇之吃掉她的零食，大概会用眼神杀死我吧。美国海关不能带任何肉类和植物类的东西入关，经常有人被没收从家里带来的零食，有些比较固执的还会当场拆开吃掉，我就见过有个姑娘一边哭一边坐在关口啃鸭脖，那画面说不上可怜还是搞笑，却让人鼻子酸酸的。人啊，只不过是想要带着那么点儿乡愁远行，这就是那个叫作羁绊的东西。

办理了文件之后，他们把我的土壤样本包得像个骨折病人，结果再过安检的时候，安检人员说里面的冰袋融化了不能带上飞机。无奈的我只好交出了从新西兰带回来的冰袋，为了保冷我到快餐店买了一杯饮料，弄了一大盒子冰倒了进去，用老板的话来说，这样本可是比我重要多了。就这样我吃着汤圆想着这几天的旅行，感觉就跟做梦一样，窗户外面月亮还圆圆地挂在天上，天还没亮，左看右看也看不出它是不是比国内的月亮圆一些，管它呢，就算它再圆，我还是喜欢咱们的月亮，因为咱们的月亮上有嫦娥啊，多浪漫。第二天跟大神提起这件事情的时候，大神沉默了很久说：“都是一个月亮，咱们的嫦娥也是世界的嫦娥。”我顿时觉得，在过去的一个多月里大神的思想觉悟又升华了许多。

路漫漫其修远兮，吾将上下而求索。学《离骚》的时候我就特别喜欢这句，总觉得“上下而求索”透着那么一股子调皮，我当时天真地解释成“上蹿下跳地寻求真理”把老师气得不行，可我觉得这不是也很好吗，真理哪那么容易就让你捡着啊，你以为在路上走着忽然一低头：“呀！你看，那儿有一个真理！”本来真理就是要经过上下折腾，一条道走到黑才能找到的。“路漫漫其修远兮”，是说这条寻求真理的路又漫长又窄小，一不小心就会走错，即便如此，我们也得趁着天还没黑执着地朝着真理的方向前进，多有魄力的一句话！小时候总觉得能写出这种固执句子的人，怎么就投了江了呢？会不会是自己找不到心中的真理，所以忍受不了众人皆醉我独醒的孤独，干脆抱着石头把自己沉在了江里。不过伟人就是伟人，人家跳江还给后人换来了三天假期，除去留下了不朽的文学和精神食粮之外，这些小恩小惠才是时下更多人看重的意义吧。

我不是屈原，感受不到那样的孤独，也没有那样的勇气，我只是一个求索的凡人。我跟朋友说我向南方求索去了，他们想了想觉得这话说得真是没办法反驳，我这种已经跑到地球最南头的凡人，还真是走得够远。于是他们问我：“你求索求出来了个啥所以然没有？”我摸着脑袋想了很久也没办法跟他们描述归纳脑子里的信息，于是摆摆手表示：“你们这些没有出过门儿的俗人怎么会理解呢？”于是他们认为，我并没有获得什么有用的东西，只不过是去做了一个多月的“科研民工”罢了。

在南极看到的一切不过是短短的一瞬间，就像当你有机会看着冰架、看着大海，总是会觉得人怎么这么渺小，人类站在这个世界上总显得弱不禁风，可我们这个群体却又发动着改变整个世界的行动，或好或坏，这个世界都不曾说过一丝半点儿。于是我们揣测自己破坏了世界的平衡，我们担忧自己污染了自然的美好，实则这里的平衡一直都在，就像很多传说中的神明之怒，大自然很容易就能打出一张牌，一张翻开生命的牌，同样也能随意洗牌，洗掉一切冲破平衡底线的破坏。所以啊，比起担心大自然，还是担心我们自己比较靠谱，毕竟呼吸着雾霾的可不是地球她老人家。

吾向南方求索，观洪荒之变迁，惑宇宙之浩瀚，然世界之大，我所见者不足其万一，窃以为人生如朝生暮死，白驹过隙。唯持一点，乃心中解惑之求，感慨之意，崇敬之情。立于世界之南，席展于极之巅，奈何仅有一对俗目，看不透此处颜色，却又得其非凡之宏博，心中豁然开朗。假若这天地藏有奥义，答案亦早刻入吾等骨血，只待忆起亿万年前之始末，实则只需健而有力前行，一切自会现于眼前，袒于胸怀。

我拿给大神看我的“假古文”感想，她却说我是因为懒惰才使用这种文体，不过说得还是有那么点儿意思的。我问她：“假如有一天你真的看到了世界的真相，你会怎么样？”大神沉默了一会儿说：

“我会替世界保守这个秘密。”

学欧洲历史的时候，曾经觉得自己很幸运，最起码现在你想研究个什么东西，或者说挑战一下权威的话，不会有人把你绑在十字架上给烧死，最多就是很多人来嘲笑讽刺挖苦你，生命不会有什么威胁的，而且你随时都可以推翻自己之前的结论重新修正。不可否认我们生活的时代是一个已经相对文明开放的时代，人类文明延续至今，虽然发展过程中出现了各种匪夷所思的故事，可大体还是向前的。就算当年二战打得正酣，希特勒也没忘了搞搞天文物理，直到现在我都想知道，假如当年他没有屠杀犹太人，而让爱因斯坦留在德国把相对论给用到造原子弹上，这个世界会不会有新的秩序？不过话说回来，假如爱因斯坦知道自己的理论把某一项超过人类驾驭能力的武器过早地交到了人类手上，他会不会重新思考自己手稿里那些简单而又深刻的公式？

风，是大规模的气体流动，我们总是用风来形容自由和快速。在这个地球上存在了足够久的除了海洋和陆地，就是空气了，这些被地球引力困在这颗星球上几十亿年的物质，给了我们生物生存的最基础的能量。生命好歹也等了几百万年的氧气，在南极的时候，我就觉得风说不定知道地球好多好多的故事呢。假如风能开口说话，是不是我们对于地球的许多好奇就能迎刃而解了呢？

万有引力，这个世界最基础的规律之一，也是到目前为止我们观测到的宇宙最重要的力场。前段时间引力波的发现震惊了整个世界，且不说这种微乎其微的波动对我们人类的影响究竟有多小，单就这项理论的发现就是对我们这个世界物理规律的新一轮推进。大自然有自己一套理论，我们人类也不甘寂寞地创造着属于我们的法则，与此同时，我们用自己的法则不断地去迎合自然的规律，以求合理；也不断探索自然的规律，用来弥补人类社会的法则漏洞。当年爱因斯坦预测到了引力波的存在，不知道他有没有预测到如今互联网的发达，让所有的信息都变得唾手可得。

回到国内过年，是在离开南极的第二个星期，穿梭在机场里感受内心的激动，本来就没倒回来的时差干脆放弃了，回了中国还不是要倒一次嘛。十几个小时的飞行并不算无聊，因为我一直在睡觉。飞机上的人不多，大概是时间不对，没什么人在这个时间回国，我自己独占两个座位，放平了腿舒服地靠在椅子背上。外面的颜色从蓝变白，又变成棉花糖，探头望去，绵延的白云铺在飞机的下面，猛地看起来跟南极的冰川大陆还真是有几分相似，纯粹的雪白好像随时都有可能冒出一两只企鹅来跟我打招呼。

快要农历新年的天气很给面子，蓝蓝的天空迎接着我雀跃的心情。我的家乡在中国的北方，是个人多复杂的城市，每到冬天都会刮大风，吹得人睁不开眼睛，夹杂着北方特有的冬日寒冷，凛冽得像刀子一样一片一片地刮在人的脸上。空气里飘扬着好多红红绿绿的气氛，街边卖的春联和盆栽裹在风里摇摇晃晃地招摇着，虽然还是如往年寒冷，可我这难得回家过年的人儿，却高兴地穿着单薄的外套走在回家的路上。

在南极的时候，经历了西方人最重视的新年，还记得那天也是风很大，可是所有人都站在科考站的空地上唱着歌，跳着舞，说着不着边际的笑话。那天我闻着空气里感觉上不怎么好吃的热汤的味道，看着那群疯狂的科学家很久才回到房间，感觉外面的一切好像跟我没什么关系，就连风的方向都吹着我往宿舍去。有家的节日才是节日，自己的新年才有气氛，我想人类应该是地球上唯一一个会给自己确定日子普天同庆的物种了吧，好像是为了庆祝又活过了一年一样，如今这种庆典已经变得流于形式，或者说被赋予了新的意义，比如团圆、相聚。

不想把我宝贵的假期浪费在倒时差上，回家的第二天我就开始跑出去采购年货，超市里放着万年不变的和春节应景的歌曲，琳琅满目的商品映衬着的每一个人都喜气洋洋。我提着买好的东西往家走，天色很好却还是有风，当年我问过一个人这样一个问题：“你说这风什么时候才能停下来啊？”那个人说：“等叶子落尽了，风就停了。”

看着光秃秃的枯树枝我才发现，装模作样的只是我们自己，风可是从来没有停过，只要你仔细听，就能听到它在温柔地对你说着自己的故事、自己的心情。

风没停，梦继续

很久以前有一位儒学家说过：“我和你的不同在于，你三十岁的时候在想自己该去哪个国家看看，而我却在想还有哪个国家我没有去过。”当时我特别崇拜这个人，想怎么会有人真的就这样看遍了世界，怎么会有人就这么有智慧。如今我觉得，只要你愿意，看遍这个世界根本不是什么难事儿。佛说，须弥山藏于芥子，是不是指的就是如果用心去思考、去探索，哪怕足不出户，也能观世界之大呢？

我是一个俗人，只能走遍世界才能有二三体会，于是不想停下脚步，再说了，这个世界如此美好，人的生命又如此短暂还脆弱，说不定哪天一个突如其来的变故我就翘辫子了，还是活在当下的每一天吧。就好像我哪有那么多时间去思考这个世界的真相，科研、毕业、论文就够我烦心的了，人吃五谷杂粮，活在这个世界上就别想着能跳出三界外，不论你走了多远，不论你看过北极的极光，还是南极的山川；不论你深入了东非大裂谷，还是潜入了马里亚纳海沟，一日三餐、卧榻三尺总是一样需要的吧。我曾经以为自己有多么不同，可如今却觉得自己其实是这么平庸，只不过我接受我的平庸，一个凡人，也许多了一些探索冒险的勇气，但终归还是一个普通的人，喝了上帝之水的我并没有得到什么灵魂上的升华，只不过让我心里明白这水和普通冰箱里的水也并无二致罢了。

作为一个上蹿下跳求索的凡人，我很欣喜自己获得的机会，很欣喜自己在这么年轻的时候就懂得了想要看到的一切，很欣喜自己在这个年龄意识到自己的平凡和无知，欣喜曾经得到的一切和失去的一切。对于一个生命个体来说，我已经获得了很多可以分享的经历，把我的故事说给身边的人听，也说给你听，那些风和南极告诉我的话，我也想让你知道。我想让别人从我的眼睛里看到跳跃的极光，看到深邃的峡谷，看到如血的日落残阳，看到壮烈的旭日东升，看到这个世界让我看到的一切。

生活还在继续，两个礼拜之后我回到了美国继续学业，就像是美国宇航员从太空里下来也要接孩子遛狗一样，没有任何改变，艰苦的科研生涯还在继续，毕业好像还遥遥无期。只不过我倒是越来越无惧了，生活嘛，总有继续的方法，就像是进化学家说：“Life finds a way.”（生命自寻出路），对于一切即将发生的事情，只要做好自己的事情，秉持着心中的目标，一步一步地去达成，不徐不疾，不骄不躁，不卑不亢，就是我们认真面对生命最好的态度。

风起风停，南极的风也曾掠过我们的上空，世界的尽头漂着白色的浮冰，像一艘艘清凉的小船，融化着，摇曳着，温暖湿润着整个世界。在20多岁的年纪，我混进了美国南极科考站，短暂的三十几天工作并不足以震撼我的心灵、改变我的命运，但却足够我平静地思考一路走来的得失经过，足够我想清楚自己的明天。有人说我们这一代人是悲催的一代，有人说我们这一代人还没混出来就被“90后”取代了位置，还有人说我们这一代人是垮掉的一代人。对我来说，这都不重要。我不能代表我们这一代人，却可以代表我自己，我见证了自己的家从平房搬进了楼房，见证了自己的父母从节衣缩食到富足小康。我还记得尘土飞扬的操场，还记得路边不干净的小吃和冰棍，还记得一件可以穿一两个礼拜的校服，还记得每个礼拜二下午电视台的七彩圆形图标……这些记忆将随着我生命的结束而消散，没有价值，没有意义，唯一的意义就是这些证明了我存在过，我曾经站在这个世界看到了这一切。

校园里春意又开始了一个轮回，那棵记忆中的槐树又开始散发着熟悉的清香，我怀揣着梦想从这里走过，银杏树的叶子呈现着美好的形状迎风招展，天空中的云彩变幻着不同的形状，如梦似幻就像是南极的天气。我坦然地坐在青春的尾巴上，曾经巴望着青春能有张不老的脸，后来希望自己的青春有着与众不同的绚烂颜色，而如今却知道没有什么可以不朽，不老不死才是个真正的悲剧，重要的是我的青春拥有过自己的梦，拥有可以为之付出努力的能力和行动。

我的世界真的很小，一眼就可以看尽。